나, 이페머러의 수호자

조 현

나, 이페머러의 수호자

조 현

소설

PIN

027

차례

PIN

027

나, 이페머러의 수호자

조 현

제1장
제인 도우, 마이 보스

1

폭우가 내리는 발굴 지역은 축제의 마지막 날처럼 인파로 북적였다. 세찬 빗속에서도 스탠딩 응원을 고수하던 록그룹의 공연장 같은 부산스러움이 강원도의 한 야산을 지배하고 있었다. CH-47 헬기의 회전하는 프로펠러가 내뿜는 굉음 사이로 군용 무전기를 든 미군 하사관들. 기록을 위해 빗속에서 연신 카메라 셔터를 눌러대는 조사원들. 그들의 우비 등판에 커다랗게 찍힌 알파벳 대문자들에서 2002년 월드컵 경기 때 입은 붉은색

'Be the Reds!' 응원복을 떠올리고 있는데 미군 흑인 중사 한 명이 내게 다가와 소리를 지른다.

수송 헬기가 토해내는 굉음에 묻혀 들리진 않지만, 손짓으로 보아하니 X 포인트를 가리키는 것 같다. 통제선 안쪽으로 따라가 보니 파트너인 미군 팀장이 손짓으로 자기 옆을 가리킨다. 통째로 들려 옮겨진 바위 앞으로 이번 프로젝트에 한 발을 걸친 민간인 조사원들이 볼링핀처럼 삘쭘하게 서 있다. 오호라, 계약직인 나도 기념 촬영에 끼워주겠다는 거지. 하마터면 서운할 뻔했다.

YMS-1812-0901C 지점에 대한 발굴 작업은 일주일에 걸쳐 이루어졌다. 작전 기간 동안 미군은 CH-47, 일명 치누크 수송 헬기를 동원하여 발굴 지역 탐색을 지원하였다. 치누크 헬기로 실어 나른 장비는 세계 최고로 민감한—어떤 때 미국은 매우 신경질적이어서 살짝만 자극해도 즉각 반응하는 파블로프 조건반사에 익숙하다. 수류탄의 안전핀을 건드리는 것처럼 누군가가 자신을 자극하면 기다렸다는 듯이 분기탱천하는 감수성이 말이다. 사실 매카시즘이나 비아그라 역시 미국의 발명품이 아니던가— 방사능 측정기 및 극비로 취급되는 모종의 장비들일 것이다. 아마도 현재의 내 보안등급으로는 포장지조차 구경하기 힘든 고가품일 테다. 내가 미친 척하고 한 달 치 급여를 몽땅 털어 넣으면 강남 3초백 정도는 장만할 수 있지만, 명품 브랜드가 인도하는 천로역정의 소실점에 도달하는 것은 언감생심 꿈도 꿀 수 없는 것처럼 말이다.

비밀작전은 사전에 충분한 토의 끝에 미군의 유해 발굴사업으로 위장되었다. 언제나 그렇듯이 말이다. 미국인들의 열광적인 애국심은 유별나지 않던가. 뭐 거짓말은 아니다. 실제로 이 지역이 한국전쟁 당시 미군의 교전 지역이었던 것은 사실이니까. 하긴 그 당시 좁은 한반도에서 미군의 격렬한 교전이 벌어지지 않은 곳을 찾기도 어려울 거다. 물론 유구한 식민지의 역사를 지닌 아프리카나 그 밖의 제3세계에도 힘깨나 쓰는 강대국이 스리슬쩍 끼어든 전쟁터가 널려 있겠지만 말이다.

어쨌거나 난 작전 중에 관련 문헌에 대한 계약직 연구원이라는 애매한 신분으로서 발굴에 합류했다. 물론 내 보안등급으로 가능한 범위까지 말이다. 여기서 가능한 범위란 말은 문헌에 등장하는 바위를 찾아 그 아래에 묻힌 석조 불상까지 확인하는 것이 내 역할의 전부라는 뜻이다. 하여간 발굴 엿새째에 석불 비슷한 투박한 돌덩이가 발견되자 현장은 다이어트 콜라 속에 멘토스라도 한 움큼 떨어진 것처럼 부글부글 달아올랐다. 그리고 드디어 뭘 찾아냈는지 치누크는 밀봉된 알루미늄 상자를 싣고 남쪽으로 떠났다. 물론 공식적인 성과는 미군 유골을 발굴한 것으로 발표될 것이다.

발굴 내내 나랑 붙어 다니던 미국 하사관의 말에 의하면 치누크란 이름은 북미 인디언 부족에서 따온 것이라고 한다. 그리고 양키가 상륙하기 전까지 북미 대륙을 호기롭게 쏘다녔던 인디언들처럼 지금도 수천 대가 전 세계 곳곳을 날랜 매처럼 날아다니며 이런저런 비밀 임무를 수행하고 있다고 한다. 사실 헬기에 붙이는 치누크나 아파

치란 이름에서 보듯이 미국의 유별난 인디언 사랑은 열광적인 애국심 못지않게 유명하긴 하다. 그리고 이번에도 치누크는 발굴된 성과물을 미합중국의 수장고로 운반할 것이다.

밀봉한 상자의 내용물이 무척 궁금했지만 나에게까지 호기심을 채울 기회는 돌아오지 않으니 약간 서운하긴 하다. 하지만 용담호혈과도 같은 정보기관의 세계에서 불필요한 호기심은 계약직 일자리를 위태롭게 할 뿐이다. 그렇다. 어떤 종류의 비밀은 오로지 세계 최강대국의 것이다. 한 해에 수백 편씩 쏟아져 나오는 스파이 영화가 역설적으로 증언하듯 말이다. 난 사무실의 보스에게 보안 회선으로 전화를 걸어 작전 종료를 보고했다. 뭐 이미 돌아가는 상황을 나보다 더 잘 꿰고 있겠지만.

보스로 말하자면 프리다 칼로의 그림에서 막 빠져나온 여자 같은 포스에 업무 중에는 코카콜라와 공화당, 그리고 퇴근 후와 주말에는 펩시콜라와 민주당의 지지자였다. 즉, 오랜 관찰 결과 콜라에 대한 보스의 정치적 성향은 무당파에 가

깝다고 생각된다. 하긴 그녀가 즐겨 읽는 『리더스 다이제스트』에 실리는 유머 같은 무당파적 기호야말로 어쩌면 미국식 중산층의 본모습인지도 모르겠다. 어쨌든 공화당과 민주당, 혹은 코카콜라와 펩시콜라의 차이점은 우리가 점심때 시켜 먹는 짜장면과 짬뽕의 관계와 흡사하다는 의견이 있다. 선택할 땐 무척 고민되지만 막상 배 속에 들어가면 그놈이 그놈이라는 건데 이거야말로 정치적으로 올바르지 못한 냉소주의다.

치누크 헬기를 보내고 사무실로 복귀한 난 정해진 매뉴얼에 따라 일련의 마무리 작업을 해야 했다. 우선 애당초 전달받은 YMS-1812 고문서와 그에 따른 조사기록을 정리하여 두툼한 마닐라 봉투에 밀봉했다. 물론 밀봉한 마닐라 봉투는 재단 본부로 보내질 거다. 그리고 본부에서는 보안등급 심사 후에 더 은밀한 기관으로 자료를 넘기거나 혹은 자체 수장고에 보관할 테다.

이것으로 반년간의 문헌조사와 현장 작전이 종결되었다. 물론 공식적인 성과는 미군 유해를 발굴하는 것으로 발표되고 치누크 헬기가 전 세계 곳곳에서 발굴해 온 다른 유해들과 함께 미국의 알링턴 국립묘지에서 예의 바른 하관식이 거행될 것이다.

비록 난 최종적인 비밀에는 접근하지 못했지만 그렇게 따지자면 로키산맥 어딘가의 땅굴에 묻혀 있는 ICBM의 발사 암호나 1888년 런던을 공포에 몰아넣었던 전설적 살인마 잭 더 리퍼의 정체 역시 모르긴 마찬가지가 아닌가. 하지만 언젠가 날 서운케 한 알루미늄 박스와 재회를 하는 희망을 품어본다. 비록 아직은 계약직이지만 이 재단에서 잘 버티면서 잔뼈를 키운다면 말이다.

어쨌거나 밀봉된 마닐라 봉투에 담당자인 내 이름을 기재하는 것으로 진실은 내 손에서 떠났다. 하지만 지금 이 순간 궁금한 것은 다른 거다. 미합중국으로 향하는 수송기에도 인디언 부족의 이름이 붙어 있을까 하는 거다. 광활한 북미 대륙을 누비다가 양키들에게 뒤통수를 세게 얻어맞고 이제는 쥐꼬리만 한 정부 보조금에 관광객들에게 얼기설기 만든 독수리 깃털 모자나 조잡한 드림캐처를 팔면서 살아가는 어떤 종류의 부족 이름이 말이다. 가끔은 그런 게 궁금하다.

2

내가 자기계발서의 하이라이트 부분에 모범적인 사례로 쓰일 법한 눈물겨운 스펙을 쌓은 끝에 외국계 재단법인에 인턴으로 입사했을 때 제일 기뻐한 것은 여자친구였다. 군에 입대한 첫날밤을 회상하는 기분으로 '눈물겨운'이란 수식어로 간단하게 적었지만 사실 내가 쌓은 스펙은 이력서 세 장을 빽빽하게 채우는 긴 목록이었다. 각종 외국어 성적표는 물론이고 반려동물행동교정사나 번지점프지도사 자격증 따위를 비롯하여 극기심을 과시하기 위해 다녀온 7박 8일 해병대 훈련 캠프까지 포함돼 있었으니까. (반려동물행동교정사나 번지점프지도사 자격증 같은 건 취업에 성공한 선배가 특이한 자격증은 자소설을 쓰기에 유리하다고 해서 따놓은 것이고, 해병대 캠프는 잘나가는 취업 공략집에 이 스펙이 꼭 필요하다고 적혀 있어 겨울철 갯벌을 데굴데굴 구르면서 만들어놓은 경력들이다.)

당시 다년간 사귀던 여자친구는 본인의 얄팍한 수입을 아껴 내가 스펙을 쌓는 데 필요한 비용을 자주 빌려주곤 했지만 어느 날 문득 이별 얘기를 꺼냈다. 돈도 안 되는 극단에 매여 언젠가는 뜨겠지 하고 무대에 서는 여친이나 막연하게 어떻게 되겠지 하는 마음으로, 동네 똥개도 혀를 찬다는 인문학 석사과정 졸업을 목전에 둔 내 자신이나 앞날에 대한 막막함이 뫼비우스처럼 끝없이 되풀이됐던 터였다.

물론 기상청이 자기들 체육대회로 점찍은 날의 날씨처럼 예측이 어려운 게 남녀 사이라지만, 상대방의 바람 때문도 아니고 경제적인 문제로 이별을 의논하는 것만큼 청춘들에게 비참한 것은 없다. 왜냐하면 우주에 존재하는 에너지가 질량에 빛의 속도의 제곱을 곱한 것에 비례한다면, 청춘의 비참함은 학자금 대출 잔액에 헛발질한 입사 지원 횟수의 제곱을 곱한 것에 비례하기 때문이다. 그리하여 20대 후반에서 30대 초반에 가능한 모든 개성들은 취준생이라는 하나의 어정쩡한 신분으로 수렴되어 사회적으로 단호하게 단죄되는 것이다.

이렇게 되면 정신 건강에 있어 '중2병'이나 '갱년기의 발기부전'과 비교할 수 없는 심리적 문제가 발생한다. 모교에서 다년간 시간강사로 교양 인문학을 가르치며 근근이 생계를 이어가던 한 선배는 술자리에서 이런 감정 상태를 존재론적 우울이라고 불렀다. 이 선배로 말하자면 다메섹으로 가는 길에서 날벼락을 얻어맞고 개심을 한 사도 바울처럼, 사람들이 혀를 차는 인문학을 버리고 이제는 대기업 취업준비학원의 토론 면접 분야 명강사로 제2의 인생을 살고 있다. 선배는 비정규직 시간강사에서 벗어나 그럴듯한 명함을 뿌릴 수 있게 되고 나서야 존재론적 우울에서 벗어날 수 있었다고 고백한 바 있다.

간만에 존재론이라는 개념을 떠올리니 학창 시절 만만하게 보고 선택한 교양철학에서 매우 난해한 사유로 나를 거칠게 녹다운시킨 하이데거가 생각나지만, 솔직히 그치한테 뒤통수를 맞은 게 어디 나뿐이겠는가. 사실 나치를 편든 주제에 유럽의 지성계에서 끝내 살아남은 이 집요한 의지의 철학자에게 뒤통수를 맞은 인물 중에 자기 딴에는 똑똑한 축에 속한다고 자부했던 이가 수두룩하다. 이를테면 대표적인 인물로 그의 스승 후설이나 연인이었던 한나 아렌트를 거론할 수 있다. 특히 열여덟 살의 어린 나이에 하이데거의 감언이설에 꾐을 당한 한나 아렌트의 경우를 보면서, 반지르르한 겉모습에 혹해서 겁 없이 아무에게나 마음을 주다가는 뒤통수 맞기 딱 좋다는 걸 난 이미 학창 시절 교양철학 시간에 터득한 셈이다.

여자친구를 처음 만난 건, 학과 선배가 연출한 연극을 보러 가서였다. 날마다 기차역에 나와, 오지 않는 기차를 기다리는 배우가 눈길을 끌었다. 극 중에서 배우는 이 기차역은 이미 폐쇄가 되었다, 아니다, 누군가 지난밤 기차가 도착하는 소리를 들었다, 라고 싸우는 사이에 실수로 밀려 철제 의자 모서리에 허벅지가 긁혔다. 스타킹이 찢어져 피가 나고 있는데도 성실하게 대사를 이어 나가는 모습에 왠지 마음이 뜨거워졌다. 하여 무대가 끝나고 다들 인사를 할 때 난 급하게 산 연고와 반창고를 건네주었다. 그게 인연이었다. 그 후 많은 지원서와 응답 없는 전화와 그리고 가끔 얻어걸리는 면접 사이에서 여자친구는 언제나 든든한 버팀목이 되었다.

그러나 여자친구 역시 불안정하긴 마찬가지였다. 배우의 꿈에도 불구하고 우리나라 공연계가 녹록치 않은 탓이었다. 주말이면 선배네 극단에 가 지하철 출구에서 토해내는 사람들에게 할인권을 뿌렸지만 객석은 비어 있기 일쑤였다. 연출을 맡은 선배는 취해서 속옷 차림으로 무대를 돌아다니는 에로극이라도 해야겠다고 말했다. 난 그런 작품으로 무대에 서는 여자친구를 상상할 수 없었기에 구토하는 선배의 등만 쳐주었다. 그런 술자리를 마치고 여자친구를 바래다주는 밤이면 서로 손을 잡지 못했다. 그런 밤, 길들은 미궁으로 변해 뒤섞이고 사물은 뾰족한 모습으로 변해 20대의 청춘을 찔렀다. 여자친구의 마음을 알기에 난 막연하던 정규직 공채 대신에 인턴 과정부터 다시 알아보기 시작했다. 그리고 A4 용지 반 박스를 지원서로 소비하고, 중간에 인턴십을 거친 곳에서 뜨거운 맛도 본 후에 드디어 지금의 직장에 한 발을 걸친 것이다.

그건 그렇고 석사 논문으로 1920년대 장편서사시를 세기말의 신비주의와 애매하게 엮은 논문을 쓴 내가 전공과 별 관련도 없는 '세계희귀물보호재단'이란 희한한 이름의 외국계 재단법인에서 인턴십을 시작하게 된 건 자기계발서의 갸륵한 사례로 쓰일 만도 하다. 자화자찬 같긴 하지만 인턴으로 입사한 후에 소소한 성과를 올리고 이제는 당당한 계약직 연구원이 됐으니 이 과정 역시 한 청년이 국경 없이 펼쳐지는 취업의 전쟁터에서 악전고투 끝에 한 명의 샐러리맨으로 기성 사회에 진입하는 휴먼 스토리라고도 할 수 있겠다.

자, 그럼 이 이야기를 어디서부터 시작해야 할

까? 입사 후 이해할 수 없었던 몇 가지 프로젝트에 대한 얘기부터 시작할까? 아니면 슬슬 우리 재단의 정체를 알아챈 미국 연수 시절부터 시작할까?

내가 인턴으로 들어간 후에 맨 처음 한 일은 무담보로 신용 대출 받을 때 적어내는 은행 서류처럼 두툼한 수십 쪽의 보안서약서에 일일이 서명을 한 일이다. 다음으로 한 일은 미국에서 건너온 식물학자를 가이드하여 남해의 야생 동백 군락에 다녀온 것이었다. 남해의 섬들을 뒤지느라 꽤 힘들었지만 내 돈 내고—사실은 여자친구가 준 피땀 어린 출연료였지만— 겨울철 갯벌에서 자발적으로 뒹군 적도 있으니 뭐 이건 고생도 아니다. 오히려 모두 모아봤자 반 자루밖에 안 되는 야생 씨앗을 채취한 대가로 통장에 찍힌 첫 월급을 보니 이 미국인 식물학자에게 황송하여 넙죽 절이라도 올리고 싶었다.

아무튼 인턴 업무에 어느 정도 적응을 하자 약간 더 전문적인 일이 주어졌다. 이를테면 토종 한국인인 나로서도 처음 보는 이런저런 골동품의 샘플과 사용법 같은 걸 조사하는 것이었다. 골동품은 조선시대의 야릇한 성인용품부터 귀신에게 데미지를 입히는 벽사부적에 이르기까지 다양했다. 보통은 인사동이나 답십리의 골동품 상가에 가서 물어본 뒤 설명서를 만들었고, 보다 전문적인 식견이 필요한 거라면 재단의 예산으로 전문가에게 자문을 받았다. 물론 최종 보고서를 편집하는 것은 내 몫이었지만.

각좆 같은 조선시대 딜도가 이 외국계 재단과 무슨 관계가 있는지는 몰랐지만 큐레이터나 서지학자도 아닌 주제에 이런저런 조사 보고서를 두꺼비가 파리 잡아채듯 넙죽넙죽 해치웠다. 그리고 인턴 기간의 종료가 다가옴과 동시에 내게 맡겨지는 조사는 더욱 수상쩍어졌다. 이를테면 한반도의 강신무와 시베리아 샤먼의 제례의식을 비교하거나 『조선왕조실록』에 나타난 UFO 현상 같은 주제를 심층적으로 분석하는 과제가 주어진 것이다. 이미 먼젓번 인턴십에서 뜨거운 맛을 봤기에 난 이게 일종의 테스트라는 생각이 들었다. 따라서 서바이벌 오디션 프로그램에 나간 출전자가 시니컬한 심사위원 앞에서 기를 쓰고 재능을 뽐내듯 난 성능 좋은 믹서에 영혼을 갈아 넣는 각오로 보고서들을 작성했다. 중고등학교 때 이렇게 공부했으면 의대도 갔을 거란 핀잔을 친구 놈에게 듣기도 했을 정도였다.

여하튼 이런 괴상한 주제에 대한 분석은 이미 두툼한 영문으로 이루어져 있었는데 내게 주어진 과제는 제공된 자료를 검토하면서 한국인으로서의 주관적 의견을 덧붙이는 것이었다. 마치 외국어 교본의 저자가 자신이 집필한 대화문의 미묘한 뉘앙스를 현지인에게 확인받는 것처럼 말이다. 그러니 내게 그 일은 마치 영어로 번역된 『춘향전』이나 『금오신화』를 읽고 독후감을 적어내는 듯한 묘한 느낌이었다. 내 가족이나 여자친구의 숨겨진 모습에 고개를 갸웃하는 심정이라고나 할까. 언젠가 외갓집에 놀러 갔다가 어머니의 오래된 책에서 어떤 남학생과 다정하게 찍은 여고 시절 사진을 찾아낸 적이 있는데, 이건 절대로 아버지한테 입도 벙긋하지 말아야겠다고 느꼈던 당혹감 같은 거 말이다.

어쨌거나 항상 보고서만 쓴 건 아니고 가끔 현장 조사 지원도 나갔다. 인턴으로 있는 동안에 가장 인상 깊었던 현장 체험은 국난이 일어나면 땀을 흘린다는 비석에 대한 조사였다. 물론 직접 조사에 참여한 것은 아니고 암자의 입구에서 군불을 쬐며 혹여나 있을 민간인들을 통제한 것에 불과했지만 말이다. 나중에 알게 됐지만 이 과정 중에 나에 대한 보안 테스트도 있었다고 한다. 어쩐지 단풍철도 아닌데 예쁘장한 처자들이 실실 웃으면서 지금 무슨 일을 하냐고 말을 걸어오더라니……. 물론 이것 말고도 내가 미처 눈치채지 못한 다른 테스트도 있었을 것이다. 한마디로 말하자면 함정을 파놓고 내 입이 얼마나 무거운지를 시험해봤다는 거다. 만약 미국인들이 그렇게 생각했다면 그건 우리나라 인턴들을 매우 우습게 본 셈이다. 한국의 인턴들은 신분 상승을 위해 필요하다면 입에다 지퍼를 다는 것은 물론이고 인사 평가자에게 잘 보이기 위해 영혼까지 탈탈 털어 넣을 마음의 자세가 돼 있다는 걸 몰라서 하는 짓거리다. 상사에게 잘 보일 수만 있다면 친구는 물론 연예인 삘 나는 애인의 생일날에도 야근을 할 수 있을 텐데, 보안 서약을 맹종하는 것쯤이야 국룰이다. 물론 연인의 생일이나 100일 기념일 같은 저녁 약속이면 도저히 야근은 할 수 없다고 생각하는 분들도 있을 수 있겠다. 뭐 까짓거 야근 안 했다고 자를 거면 관두고 다른 곳에서 또 인턴 하면 되지 하는 시큰둥한 마인드로 말이다. 여기서 잠깐 이런 분들을 위해 한마디만 덧붙이겠다. 그딴 마인드니깐 정규직이 되지 못하는 거야. 오케이?

어쨌거나 인턴으로 있는 동안 맡은 마지막 임무, 그러니까 땀을 흘리는 비석에 대한 현장 조사가 무난히 이루어지고 근무 평가가 양호했는지 난 계약직 연구원으로 임용될 수 있었다. 왕조시대로 말하자면 집도 절도 없는 향소부곡의 천민이 양인 정도의 신분증을 따낸 셈이다. 하여간 계약직으로 임용됨과 동시에 미국으로 건너가 재단 본부에서 합동 연수를 받게 되었는데 이때 처음 보스를 만났다. 내가 입사한 '세계희귀물보호재단'에서는 문어발에 달린 빨판처럼 세계 곳곳에 지사를 두고 있었는데 어느 국가를 막론하고 신입의 첫 코스가 바로 재단 본부에서의 합동 연수였던 것이다.

3

연수 첫날 난 강의실에서 세계 곳곳에서 모여
든 동기생들을 볼 수 있었는데 뾰족하게 깎은 스
테들러 연필 끝을 입술로 물고 있는 꼴들이 딱 봐
도 막 알껍데기를 깨고 나온 병아리라는 걸 알아
챌 수 있었다. 어미 닭이 막 깨어난 새끼들을 돌
보듯 우리를 맞이한 선임 교관은 바로 나중에 한
국 지사의 지사장으로 부임한 나의 보스였는데,
그녀는 첫 대면에서 자신을 제인이라고 불러달라
며 순순히 그 이름이 가명임을 밝혔다. 물론 위대
한 레지스탕스나 혹은 세기의 사기꾼이 그렇듯
그녀는 한국에서는 다른 신분증을 사용했지만 난

사석에서 제인이라고 불렀다.

보스는 주로 우리가 입사한 재단의 역사와 업무의 범위를 강의했는데 우리는 새끼 병아리마냥 그녀를 졸졸 따라다녔다. 탄산음료의 애호가이자 유럽의 영민한 철학자들에게 애증을 품었던 우리 보스는 음모론 마니아였는데, 그 때문이었는지 그녀는 미국의 역대 통치자와 비밀결사 사이에 일어날 법한 에피소드를 수업 시간에 풀어놓았다. 이를테면 프리메이슨과 일루미나티 혹은 워싱턴 오벨리스크나 1달러 지폐 뒷면에 담긴 오컬트 같은 게 그녀의 주된 가십거리였던 것이다.

그렇잖아도 세계 각지에서 모여든 우리 모두는 미국 본부에서의 연수라는 게 각자가 겪은 인턴 시절의 과제 못지않게 꽤나 수상쩍다 싶었는데 보스의 믿거나 말거나 하는 가십거리는 불난 집에 니트로글리세린을 쏟아붓는 것 같았다. 물론 나 역시 이러한 영향으로 좌측 세 군데에 커다랗게 천공이 된 두툼한 바인더의 공식 교재가 아니라 보스가 풀어놓는 이런저런 음모론에 더 흥미를 갖게 되었다.

보스에 의하면 '세계희귀물보호재단'의 전신은 18세기 후반으로 거슬러 올라간다고 한다. 이 시기는 세계사에 있어 큰 의미가 있었는데 신대륙에서는 신생 공화국이 독립 전쟁을 벌이고 이에 영향을 받은 프랑스에서는 혁명이 시작됐으니 말이다. 결과적으로 세계 최초로 공화국 헌법들이 연달아 선포되었으니 결과도 아름다웠다. 생각해보면 이러한 변화는 곧 피의 결과물이라고도 할 수 있다. 물론 유혈 사태 없이 인류의 진보가 이루어졌으면 더할 나위 없이 좋았겠지만 대저, 고통 없이 주어진 권리는 쉬이 증발하고 만다고 보스는 주장했다. 어쨌거나 이 시기 작은 변화는 매사추세츠주 보스턴에서도 일어났다. 혁명의 시기를 앞두고 이 도시의 지식인들을 중심으로 '보스턴인디언클럽'이란 비공식적 학술 모임이 결성된 것이다.

출범 당시 클럽의 목적은 대체로 소박한 것으로 북미 인디언들의 제례의식이나 그들의 민담을 채록하는 일이 주된 과제였다. 물론 인디언들이 재배하고 있는 식물이나 민속품에 대한 수집도 병행했다. 클럽이 출발한 데에는 인디언의 쇠락을 예견한 한 독지가의 재단금 출연이 있었다고 한다. 아마도 북미 원주민에 대한 약간의 죄의식과 더불어 지적 호기심이 작용했음이 틀림없는 이 독지가는 프리메이슨의 단원으로 알려져 있고 따라서 클럽의 회원들도 그러했을 거라고 보스는 사견을 밝혔다.

독지가가 출연한 것은 뉴잉글랜드 지방에 위치한 작은 토지에서 산출되는 수익이었는데 엄밀히 따지자면 이 땅도 대대손손 살아온 인디언의 것이라고 할 수 있다. 그러나 땅에 대한 권리는 메이플라워호를 타고 건너온 이들이 만들어낸 근대적 법률에 따라 독지가의 것으로 귀속되었다가 클럽으로 양도된 것이다. 여기서 우리는 모든 권리는 지킬 힘이 있거나 요구할 의지가 있는 자들의 것이라는 교훈을 얻을 수 있겠다. 어쨌거나 클럽은 오랜 명맥을 유지하며 설립 취지에 맞는 임무를 수행하다가 드디어 20세기 중반 미국 정부로부터 모종의 지원을 받아 '세계희귀물보호재단'이란 글로벌 재단법인으로 신장개업을 한 것이다. 즉 재단의 활동은 미국의 국력에 따라 확대되어 북미 인디언에 대한 자료 수집에서 벗어나 전 세계 이 골목 저 골목으로 확대된 것이다.

재단의 연혁에 대한 보스의 강의는 그렇다 치고 신입 연수의 나머지 과정은 스파이 교육 냄새가 물씬 풍겼다. 다만 커리큘럼에 저격용 소총의 사격술이나 도청 교육이 없었던 걸 보면 우리들은 어쨌거나 역할에 제한이 있는 계약직인 셈이었다. 다들 자신이 입사한 이 기관의 정체가 궁금했다.

이런 의문을 풀어준 것이 바로 보스였다. 인종적으로 한인 3세쯤으로 보이는 보스는 재단의 정체성에 대해서 다음과 같이 속 시원히 밝혔다. "재단에서 다루는 업무는 미합중국 대통령의 무해한 취미생활을 서포트하는 것이죠." 이렇게만 적어놓으면 보스의 단언이 좀 과격해 보인다. 그러니 그녀가 덧붙인 설명을 추가하자면 다음과 같다.

첫째, 여러분은 어려서 프라모델 조립이나 바비인형 수집에 용돈을 써본 일이 있을 거다. 그렇다면 용돈이 많은 사람이라면 어떨까? 돈뿐만 아니라 권력 역시. 그리고 그냥 많은 정도가 아니라 아주, 아주, 아주 많은 사람이라면. (이걸 설명할 때 보스는 열성적인 복음주의 목사처럼 손을 크고 동그랗게 천장으로 펼쳤다.)

둘째, 제어할 수 없는 권력자는 모가 나기 마련이다. 따라서 애꿎은 시민을 향한 갑질을 방지하기 위해 권력자에게는 누구에게나 무해한 취미생활이 반드시 필요하다. 마치 중세의 왕들이 궁중에 광대를 둔 것처럼 전 세계에 존재하는 모든 희귀품의 수집이 바로 역대 미합중국 대통령의 무해한 취미생활이다. 여기서 희귀품이란 야생의 동식물에서부터 오컬트의 유산까지의 모든 '레어 아이템'을 뜻한다.

셋째, 솔직히 까놓고 말해서 밑도 끝도 없이 중동으로 쳐들어가 스커드미사일로 애꿎은 어린이들을 폭격하느니 차라리 그 돈으로 성배를 찾아다니는 게 도덕적으로 더 우월하지 않을까.

그리고 그녀가 애호하는 음모론에 따라 동서고금의 역사적 권력자들이 얼마나 오컬트와 신비주의에 심취했는지를 사례로 들었다. 고대 중국 최초의 통일왕조 황제의 대규모 조사단과 불로초, 중세 유럽의 왕국들과 연금술, 근세기 미국의 독립과 프리메이슨, 그리고 현대사에 있어 나치가 심혈을 기울인 툴레 협회에 이르기까지 말이다.

"이 모두가 미국의 국가안보에 지대한 영향을 미칩니다. 아마도 제2차 세계대전 종전 직후 베를린에서 미국과 소련의 최고위 정보기관 담당자들은 침을 흘리며 티베트와 남극을 탐사한 아흐네네르베 비밀문서를 똑같이 나누었을 거라고 저는 장담합니다. 머리를 맞대고 신경전을 벌이면서 결국 자살한 히틀러가 남긴 메모지까지 똑같이 반으로 나누었을 거라는 데 제 주머니에 있는 1달러를 겁니다." 언젠가 보스는 이렇게 단언했다. 물론 1달러짜리 지폐의 뒷면에도 보스가 애호하는 음모론의 상징이 노골적으로 그려져 있기도 하다.

사실 보스의 말처럼 히틀러와 나치가 전 세계 곳곳에서 오컬트 취향의 유적 발굴에 골몰한 것은 널리 알려진 일이다. 보스의 설명에 의하면 티베트부터 남미, 중동에서부터 남극에 이르기까지 나치의 탐험가들이 쏘다니지 않은 곳이 없다고 한다. 이러한 나치의 활발한 활동에 대해 소련과 미국 역시 지대한 호기심을 가지고 있었다. 쟤네들이 하는 짓이 뭐지 하고 멍하게 손가락 빨고 있다가 V로켓에 맹폭격당했던 트라우마 때문이었을까, 종전 직후 미국과 소련은 나치의 기밀문서 획득을 위해 눈에 불을 켰다. 결과적으로 미국과 소련은 그러한 열의에 보답을 받았다고 역사는 증명한다. 노획한 각종 기밀문서와 나치 출신 과학자들이 대륙을 넘나드는 대량살상무기 및 우주선 개발에 지대한 기여를 했으니 말이다.

이런 교훈 때문에 미합중국의 정보 당국자들은 나치의 오컬트 연구에도 자신들이 미처 발견하지 못한 뭔가 의미심장한 것이 있다고 판단했다. 그 대단한 나치가 꽤나 진지하게 관심을 갖고 있었으니 다 그만한 이유가 있지 않을까 하는 게 실용주의를 최고의 미덕으로 삼는 미국인의 솔직한 속내였을 것이다. (이건 마치 신입 연수를 받으면서 재단에 대해 '우리에게 이런 교육을 시키는 것은 뭔가 이유가 있겠지, 다들 아이비리그를 나온 똑똑한 치들일 테니까'라고 생각하는 방식과 비슷하다. '어쨌거나 최소한 시체는 없잖아'라는 게 우리의 위안이기도 했고.)

"여러분은 이미 각각의 지사에서 적어도 한 번 이상은 민속품이나 유적지, 그리고 고문헌에 담긴 초자연적 유물이나 현상에 대해 보고서를 쓴 바 있을 겁니다. 성서에 기록되어 널리 알려진 성궤나 바위를 버터처럼 잘라버리는 우림과 둠밈, 초자연적 능력을 가진 피리나 요정의 날개, 혹은 바위에 자루까지 꽂힌 검이나 사막에 추락한 외계인의 시체 같은 것이죠. 이런 것들 모두가 재단의 컬렉션 대상입니다. 물론 거의 대부분 의미가 없거나 과장된 것이지만 미합중국의 무해한 취미생활이라고 해둡시다. 그런데…… 가끔 진짜가 나올 때도 있습니다. 아주 가끔은요."

보스의 입담에 말린 병아리들이 정말 진짜가 나올 때도 있냐고 묻자 그녀는 이렇게 답했다. "물론 농담이지요. 하지만 여러분은 이걸 기억하세요. 에드거 앨런 포는 귀중한 편지를 가장 눈

에 띄는 곳에 두어 비밀을 지켰다는 것을요. 어쨌
거나 앞으로 여러분은 지시에 따라 무엇이든 찾
아 오세요. 여러분이 할 일은 각자의 모국에서 그
동안 눈에 띄지 않게 방치된 잡동사니들을 찾아
낸 다음 그것의 먼지를 털고 우리에게 가져다주
는 겁니다. 그건 민가의 앞마당에서 굴러다니는
민속품일 수도 있고 지혜로운 노인네들이 민간
처방으로 활용하는 알 수 없는 식물일 수도 있습
니다. 이게 우리 재단이 여러분과 계약한 이유죠.
그럼 우리는 그것을 신중하게 분석하고 설명서를
만든 다음, 당장은 황당한 것처럼 보이더라도 미
합중국과 인류의 미래를 위해 기꺼이 보존할 겁
니다."

　그렇다. 어쩌면 재단의 진정한 정체성을 비롯
한 세상의 모든 비밀은 포가 숨겨둔 편지처럼 인
파가 가장 북적이는 곳에 있는지도 모른다. 사실
가장 중요한 비밀은 99%의 진실에 하나의 거짓
으로 숨기거나 역으로 99%의 거짓에 하나의 진
실로 숨길 때 지켜지는 건지도 모른다. 이건 보스
가 애호하던 비밀결사뿐만 아니라 전 세계 정부

대변인과 정치인들이 밥 먹듯 애용하는 방법이기
도 하다. 그렇게 보스의 마지막 강의는 마무리되
었다.

4

연수 후 한국 지사로 복귀한 나는 이런저런 프
로젝트를 보조하며 경력을 쌓아나갔다. 덕분에
보스의 한국 지사장 부임에 맞춰 내 이름으로 된
첫 프로젝트에 도전할 수 있게 되었다. 바로 18세
기 후반의 한 고문헌에 대한 조사였다. 잘만 진
행되면 정규직 전환을 위한 좋은 경력이 될 테다.
기대에 차 미국의 본사에서 전달된 마닐라 봉투
를 개봉해보니 고문서 한 부와 동봉된 서류가 보
였다. 레터 용지로 작성된 문서의 상단에는 기밀
이란 뜻의 영문 대문자가 적색 스탬프로 찍혀 있
었고 다음과 같은 개요가 기재되어 있었다.

1) 문헌 명칭 : 『해동잡기』(저자 미상, 1812년)

2) 수록 내용 : 강원 영서 지역 양씨 집성촌의 가문사를 중심으로 한 한시 및 산문(~1812년)

3) 수집 연도 : 1947년(수집자 E. M. 미더)

4) 특기 사항 : 1969년 재분류 결과 관리 등급이 일반에서 대외비로 승급 조정(사유 별첨)

서류를 넘기자 특기 사항으로 언급된 관리 등급 승급 사유서의 사본이 보였다. 내가 봉투를 개봉하는 것을 지켜보던 보스는 승급 사유서는 텍스트를 먼저 검토한 후에 살펴보라고 조언했다. 선입견 없이 문서를 먼저 살피라는 뜻이다. 하긴 끝내주는 맛집도 발품을 팔아 찾아내야지 유명 블로거의 사진발만 믿고 갔다간 욕만 나오기 마련이니……. 하여간 보안등급이 대외비란 것은 아직 학계에 보고되지 않았을뿐더러 앞으로도 20년 안에 일반 공개는 꿈도 꾸지 말라는 뜻이다.

이 텍스트가 오늘날 한국의 학계에 알려지지 않은 것은 해방 이후 혼란한 시기에 다른 많은 고문헌과 더불어 미국으로 건너갔기 때문이다. 사실 미국으로 말하자면 일본이나 유럽의 학자들이 한차례 토네이도처럼 중앙아시아와 극동아시아를 휩쓸고 지나간 다음 이곳에 손을 뻗은 셈이다. 말하자면 막차를 탄 셈인데 어쨌거나 일본인을 몰아낸 해방자로 한국인들의 집단적 숭앙을 받던 미국인이 향촌의 종갓집을 방문하여 가문의 유구한 전통에 적당히 존경심을 표시하면—여기서 말하는 존경심이란 미 대사관 직책이 적힌 명함을 양손으로 내밀면서 한국식으로 넙죽 고개를 숙인다는 뜻이다— 문중의 촌로들은 거의 바빈스키반사작용처럼 다양한 문집을 한 꾸러미 내놓고 자랑을 시작한다. 분위기가 이렇게 화기애애해지면 고문헌의 입수는 거의 이루어졌다고 보면 된다, 라고 연수 때 얼핏 들은 기억이 난다.

물론 아무리 넙죽 절을 한다 해도 자신들의 족보 꾸러미만큼은 절대 넘겨주지 않았는데 따분하기 짝이 없는 계보도는 언제든 쉽게 구해볼 수 있으니 미합중국의 컬렉터로서도 그다지 시급한 컬렉션 목록은 아니었다. (대집단 속에서 특정 소집단의 정체성과 결속을 다지는 이런 종류의 배타

적 문서는 21세기를 맞은 현대에도 존재한다. 이를테면 소위 명문 학교 동문 회원부나 사법연수원의 기수별 명단 같은 게 그렇다. 이들의 공통점은 집단의 기수와 서열에 개인이 가진 모든 인격을 수렴한다는 것이다.)

어쨌든 이렇게 획득된 문헌들은 미합중국 자산으로 분류되어 재단의 보존 서고나 스미스소니언 혹은 하버드-옌칭 연구소의 수장고에 보관되었다고 한다. 그리고 가끔 문헌들의 재분류가 이루어지는데 이때 보다 세밀한 조사의 필요성이 요구되는 것은 각국의 지사로 오더가 떨어진다고 한다. 즉, 우리에게 보내진 이 문헌 역시 본부 누군가의 호기심을 자극한 것이라는 뜻이다.

난 분석실에서 첫 프로젝트에 대한 기대감 속에 흰색 면장갑을 끼며 다시 한 번 고문헌이 쓰인 1812년을 떠올렸다. 1812년이라면 신대륙의 한 귀퉁이에서 시작하여 훗날 거대한 제국으로 성장하게 될 미합중국이 루이지애나주를 합병한 해이다. 루이지애나로 말하자면 작은 인디언 부족들이 나름대로 독립국가를 건설하기 위해 애를 쓰다가 백인들의 시비로 몰락한 땅이 아니던가. 사실 루이지애나라는 지명 자체가 프랑스의 국왕 루이 14세의 속국이란 뜻에서 유래했으니 이 땅이 프랑스와 스페인의 다툼을 거치는 동안 토착민들이 몰락한 것은 그 시절 일어난 수많은 비극 중 하나였다.

어쨌거나 이해 스페인이 깃발을 꽂아놓은 플로리다를 미 해군이 점령하고 유럽에선 나폴레옹이 모스크바에 입성하는 사이, 태평양 건너 극동아시아의 어느 향촌에서는 한 낙향 관료가 자신의 이순을 맞아 담담한 해서체로 『해동잡기』를 썼는데 이는 일종의 회고록이다.

이해 조선의 사정은 어땠을까. 순조를 얼굴마담으로 내세운 안동 김씨의 세도정치가 득세를 하고 이에 반항하여 서북 지방에서는 홍경래가 난을 일으켰다가 패퇴했다. 마치 20세기 중반 산업화와 함께 정권의 비호를 받고 성장한 재벌들에 의해 수많은 중소기업들이 루이지애나주의 인디언 부족들처럼 휩쓸려 죽어나간 것과 비슷하다. 이 시기 저술로 언뜻 떠오르는 것은 유득공의

『경도잡지』나 홍만선의 『산림경제』, 혹은 서유구의 『임원경제지』 같은 문헌이다. 물론 이들 모두는 학계에 널리 알려져 극동아시아의 한구석에서 안동 김씨나 풍양 조씨들이 그들만의 리그를 공고히 하던 이 시기 조선의 지성사를 살필 수 있는 필독서로 꼽힌다.

그런 점에서 『해동잡기』 역시 당시 강원도 향촌의 인문 지리적 배경을 채록하고 있는 저술이라 할 수 있다. 그러나 문학적으로나 사상적으로 독창성이 있는 텍스트는 아니라는 생각이 들었다. 이 회고록으로 말하자면 당시 저자가 속한 문중의 대소사, 그리고 강원 지역의 명소를 다소 구태의연하게 음풍농월한 한시 20여 수가 실려 있는 잡문집이라 할 수 있다. 굳이 문집에 이름을 밝히지 않은 것으로 보아 출판을 고려하지 않은 일종의 비망록으로도 볼 수 있겠다. 이를테면 이 책의 을축년 9월 초하루의 기록에는 이런 대목이 나온다.

'가을 전답에서 벼 열두 가마, 검은콩 아홉 가마, 수수 네 가마, 깨 마흔 말을 거두었다. 차마 백

미로 밥을 짓지 못하는 시절이니 벼 열 가마를 보리 스무 가마로 바꾸었다.'

19세기 초반, 더 정확히는 1805년 가을에 쌀과 보리의 교환 비율이 1:2임을 미뤄 짐작할 수 있는 대목이다. 물론 아직 전국적인 물류시스템이 작동하지 않은 이상 보수적으로 해석해서 강원도 영서 지역에 한정된 경제지표로 봐야 하고, 또한 당시 조선의 도로망은 지독히 열악했으니 다른 지역에서도 같은 비율이었다고 확신할 순 없을 터이다. 내가 막 재단에 입사한 인턴이라면 '19세기 초반 조선의 향촌에서는 여전히 곡식과 옷감에 의존하는 물물교환이 보편적이었으며 금이나 은본위제는커녕 상업 경제도 그다지 탄력을 받지 않았음' 정도의 감상을 평가보고서에 적었을 테지만 말이다.

만약 문집의 저자가 명망가였으면 달라졌을 거다. 뭐 유명 연예인이 코 푼 휴지가 열혈 팬들 사이에서는 수집의 대상이 되기도 하니 말이다. 솔직히 저자가 당대의 명망 있는 지식인이거나—하다못해 그런 지식인의 잊힌 스승이거나 가까운

친인척이라도 된다면— 혹은 저술 안에 그간 학계에 알려지지 않은 참신한 사색이 담겨 있다면 주목을 받았겠지만 그런 것도 별로 없다. 물론 자필 문집이니만큼 필체라도 빼어나면 먼 훗날 이 문서가 공개됨과 동시에 서예에 관심 있는 애호가들의 흥미를 끌 수도 있겠지만 저자의 글씨는 졸필이라고까지는 할 수는 없지만 그렇다고 가필이라고도 할 수 없는 수준이다. 그렇게 따지자면 책 속에 담긴 입신양명에 대한 은근한 찬사나, 서북 지방에서 변란이 벌어진 이유에 대해 심정적으론 공감하면서도 봉건적 신분제를 무의식적으로 숭상하는 저자의 세계관 역시 껄끄럽긴 마찬가지다. 읽다 보면 무엇이 저자의 본심인지 아리아리한 거다.

이런 구절을 읽을 때마다 이상한 나라의 앨리스가 토끼 굴에 들어가듯 책 속으로 들어가 이 저자에게 비슷한 시기에 지구의 반대편에서 살았던 토마스 페인의 상식을 들려주면 어떨까 싶었다. 사실 새로운 지성적 개념들이 전자레인지 속 팝콘처럼 펑펑 터지는 것은 낯선 개념들이 뒤섞인 상태로 강한 에너지를 받아 한껏 달아오를 때이기 때문이다. 이를테면 18세기 초반 중국에서 수입된 역학에 자극을 받아 새로운 철학을 내보인 라이프니츠는 말할 것도 없고, 같은 세기 후반의 프랑스혁명만 하더라도 신대륙과 구대륙 간의 지성의 교류에 자극을 받았기 때문이다. 근친교배로는 답이 없다는 것은 수억 년에 이르는 진화의 결과가 역시 증명한다. 연어가 거센 물살을 거슬러 오르거나 공작새가 깃털을 가다듬으며 가급적 낯선 유전자와 자신의 유전자를 뒤섞으려고 애쓰는 것은 유럽의 프리미어리그에서 거액을 주고 남미나 아프리카의 축구 유망주를 픽업해 오는 것만큼이나 다 그럴 만한 이유가 있는 것이다.

뭐 이런 한탄은 잠시 접어두고 『해동잡기』로 돌아가자. 출세나 조정의 관료제를 둘러싼 저자의 어정쩡한 자세가 연속되어 이 문헌의 가치가 의심스러워질 무렵 거의 마지막 부분에 가서야 바다 건너 본부에서 특별히 분석을 권유한 이유가 드러났다. 9회 말 투아웃 만루 상황에서 슬러거가 타석에 들어서는 긴장감이랄까, 반전이 시작된 것은 신미년 섣달, 즉 음력 1811년 12월부터의 기록이다. 출가한 딸이 친정아버지인 저자에게 섣달에 편지를 보내왔는데 이런 내용이다.

'시절이 수상하여 아버님도 끼니를 거르실 텐데 보내주신 보릿말에 울음이 났습니다. 어제 이웃들과 보리를 불려 죽을 쑤고 있는데 기이한 일이 있었습니다. 푸른 하늘에 빛나는 햇무리 같은 게 나타났는데 자세히 보니 형체는 놋그릇 같았고 반듯이 날아가다가 멈추고 다시 옆으로 꺾이는 것이 마치 벼를 베는 낫 모양으로 움직였습니다. 그러더니 큰 피리를 부는 소리와 함께 놋그릇 같은 형체에서 무언가가 땅으로 떨어지니 함께 구경하던 이들은 모두 이를 나라의 큰 변고를 알리는 징조라고 수군거렸습니다.'

이상은 편지의 주요 내용이다. 직선 비행이 아니라 직진 후 직각 비행이라는 점에서 유성일 가능성이 배제되고 형태와 빛깔이 빛나는 놋그릇 같은 금속 빛을 띤다는 점에서 자연적인 기상현상과도 구분된다. 이 편지의 관찰이 사실이라면 전형적인 UFO 목격담이다. 난 자료실에서 예전에 조사한 바 있는 『조선왕조실록』을 찾아 대조해보았다. 『선조실록』의 '사람이 앉은 듯한 불덩이 모양의 둥그런 물체', 『광해군일기』의 '요란한 소리를 내며 횃불처럼 빠르게 날아가는 항아리 모양의 물체', 『숙종실록』의 '세 방향으로 나뉘어 날아가는 밥그릇 모양의 물체' 등의 사례들이었다. 사실 이런 목격담은 다른 여러 가지 고문헌에서도 발견된다. 그러나 보안등급으로 치면 C등급 수준에 불과한 『조선왕조실록』의 지방관 목격담과 달리 저자의 출가한 맏딸의 진술에 가치가 있는 것은 이어지는 얼마 후 편지 때문이었다.

'이순도 지났지만 이후에도 내내 강녕하시길 빕니다. 한데 동네에 다시 기이한 일이 있었습니다. 마을 사람이 햇무리 떨어진 자리에서 기묘하게 생긴 물건을 주웠는데 밤이면 야광석을 보는 듯 푸른빛을 발하였다고 합니다. 처음에는 귀한 보물을 얻었다고 기뻐했으나 며칠 후 머리털이 모두 빠지고 시름시름 앓다가 죽었습니다. 그리고 물건을 접한 다른 사람들도 같은 모양으로 죽어나가니 마을 사람들은 귀신이 붙었다고 하여 근처 절에서 덕이 높은 스님을 모셔 제를 올렸습니다. 스님께서 말씀하시길 모든 기이한 것들은 마음에서 만들어지는 것이니, 이 물건 역시 올해 봄에 북쪽의 변란으로 죽은 이들의 원혼을 두려워하는 마음이 음기로 뭉친 것이라고 하였습니다. 하여 벼락 맞은 대추나무로 함을 짜 요물을 넣은 후에 절 근처의 음기를 누른다는 바위 아래에 묻었는데 애꿎게 숨진 원혼을 달래고자 돌로 불상을 깎아 함께 묻었다고 합니다.'

첨부된 보안등급 재평가 사유서를 살펴보니 바로 이 부분 때문에 관리 등급이 조정된 것으로 나왔다. 사유서는 해당 진술이 전형적인 UFO 목격담이라는 판정과 더불어 사망의 원인이 전형적인 피폭 증상이라는 가정하에 추후 가능하다면 정밀 조사가 필요하다는 결론이 기재돼 있었다. 이게 이 고문헌의 보안등급이 격상된 이유였다.

나는 『해동잡기』에 대한 조사를 저자의 신원을 확인하는 것에서 시작했다. 이와 관련해 문헌에는 중요한 정보가 있었다. 즉 저자의 출생 시기와 신분이 밝혀져 있는 것이다. 임신년인 1812년에 이순을 맞이하였으며 영서 지방에 낙향한 전직 관료라는 정보가 그것이다. 강원도 영서 지방의 집성촌 지명도 향토 지리지를 분석하여 상당히 범위를 좁힐 수 있었다.

확보된 정보를 바탕으로 저자에 해당하는 족보와 지역을 조사한 결과 『해동잡기』의 저자의 인명과 거주 지역을 세보에서 확인하여 양문선이라는 이름을 특정할 수 있었다. 저자의 신분이 확인되니 『해동잡기』의 신빙성은 높아졌다. 이제 과거 저자가 살았던 지역을 중심으로 문제가 된 절과 최종 목표인 '음기를 누르는 바위'만 찾아내면 된다. 물론 그 전에 내부 회의를 시작하며 작전명도 정했다. 작전명은 저자의 이니셜과 저술 연도를 따서 'YMS-1812'로 겸손하게 지어졌다. 물론 처음에는 수집자의 이름과 수집 연도를 붙여 'EMM-1947'로 정하는 것도 검토했으나 미국인의 관용 정신에 따라 18세기 중엽부터 19세기 초반까지 극동아시아에서 토마스 페인과 비슷한 시기를 살았던 한 낙향 관료의 이름을 붙인 것이다. 역시나 북미 인디언을 존중해서 헬기에도 이들을 기리는 이름을 붙인 바 있는 미합중국은 자유와 정의, 그리고 톨레랑스의 나라이다. (잠깐, 톨레랑스라는 발언은 취소. 이건 프랑스에 저작권이 있는 말인 것 같다. 뭐 요새 프랑스에서 무슬림을 둘러싸고 벌어지는 이런저런 소동을 보면 잘 보존하지 못해 상한 우유를 마실 때처럼 혀끝으로 살짝 비린 맛이 느껴지긴 하지만.)

일단 저자의 신원은 밝혀냈지만 문제는 사찰의 위치였다. 그래야 해당 바위를 찾아낼 수 있으니 말이다. 절의 위치를 위해 먼저 시도한 것은 딸이 출가한 지역을 찾는 작업이었다. 하여 난 문헌에 인용된 딸의 편지를 분석하여 그녀가 사는 곳을 특정하고자 했지만 난관에 부딪히고 말았다. 어떤 땐 '이렇게 먼 곳으로 출가를 하니 어머니를 그리워하는 눈물이 베갯잇을 적신다'고 하다가도 또 어떤 땐 '오늘은 날씨가 맑아 친정집이 눈으로 보일 것 같아 기쁩니다'라고 오락가락 진술하고 있으니 말이다. (사실 남성인 나로서는 2백 년 전 여성의 언어를 분석한다는 것은 정말 난감한 일이다. 하긴 해석이 곤란한 건 현대 여성의 화법도 마찬가지라는 게 내 동창 녀석의 말이다. 식당에 가서 '아무거나'를 메뉴로 고르거나 '나 오늘 달라진 거 없어?'라고 물어보는 여친의 의문문 같은 게 그렇다고 한다.)

하여 대안으로 시도한 것은 18세기 말엽부터 19세기 초반까지 강원도 영서 지방의 바위에 얽힌 구비전승 조사였다. 물론 귀신 붙은 물건, 요물, 석불, 음기, 양기, 벼락 맞은 대추나무, 절, 스님 같은 낱말이 키워드로 활용되었다. 그러나 별다른 소득이 없어 마지막으로 가장 무식한 방법을 쓰기로 했다. 즉 남자의 성기처럼 생긴 바위를 모조리 찾아보기로 한 것이다. 이 아이디어를 떠올린 것은 인턴 시절의 과제 목록에 있었던 중세의 딜도에 대한 연상 때문이었다. 목적이 다산에 대한 기원이었는지 아니면 끈적한 에로티시즘의 추구였는지는 잘 모르겠지만 각좆이 있으면 비슷한 심리적 효과를 내는 바위 역시 있지 않을까 하는 생각이 번뜩 떠오른 것이다.

생각해보니 발기한 남자의 성기처럼 생긴 바위에 대고 자식을 낳게 해달라고 치성을 드렸을 거란 추측이 꽤나 신빙성 있어 보였다. 아마도 문헌에 표기되는 명칭은 좆바위이나 각좆바위 대신 좀 더 고상하게 남근석 등으로 기재됐을 테다. 어쨌거나 양기가 엄청 충만했을 거라고 믿을 만큼 바위는 꽤나 크고 우람했을 거다. 물론 각좆의 개념을 파악하기 위해 신라시대부터 조선시대까지 시대별 목각 딜도를 매우 흥미롭게 살펴본 보스는 내 아이디어에 적극 찬성했다. (에헴, 이런 아이디어를 적재적소에 뽑아내는 게 바로 정규직 전환을 노리는 대한민국 계약직의 경쟁력인 것이다.)

보스가 허락했으니 이제는 돈과 권력을 쓸 차례다. 사실 미국의 가장 큰 경쟁력은 다른 나라의 환율이야 어떻게 되든 말든 마구잡이로 찍어내는 달러가 아니던가. 이왕 말이 나왔으니 하는 말이지만 전 세계를 좌지우지하는 기축통화의 발권을 연방정부가 아닌 민간기관이 담당하고 있다는 것은 미합중국 특유의 난해한 유머 정신이라고 이해하고 넘어가도록 하자. 물론 세계 최고의 민주주의를 자랑하는 이 나라의 기형적인 발권제도는 낙수효과를 주장하는 재벌 기업 산하 경제연구소의 보고서 못지않게 집단 최면의 기이한 형태를 연구하는 심리학자가 흥미를 가질 만한 연구 주제라고 할 수 있겠다. 그건 그렇고 미국이 뿌린 달러로 강원도 영서 지방의 향토사학자 몇 명이 그런대로 흡족한 부수입을 올렸으니 이야말로 소소한 낙수효과다.

물론 마구잡이로 찍어낸 달러는 미연방에서도 비대한 덩치를 자랑하는 NSA의 첩보위성 기지국에도 지급되었다. 수백 킬로미터 상공에서 강남역 뒷골목에 뿌려진 불건전 업소 전단지의 약도를 식별할 정도로 매서운 시력을 자랑하는 최첨단 위성을 동원하여 강원도 영서 지역 일대의 바위들을 마구마구 찍어댔던 것이다. (물론 내 짐작이다. 대충 돌아가는 분위기로 때려 맞춘 거다. 다만, 보스가 미국의 본사로 NSA에 대한 협조 요청을 할 때 이렇게 하는 말은 확실히 들었다. "네, 그래요. 산맥의 정상에서부터 내륙까지 뾰족하게 보이는 바위는 모두 찍어주면 됩니다. 네, 맞아요. 워싱턴 D. C.에 세워져 있는 오벨리스크의 미니

어처 버전 같은 것 말이죠.")

그리고 얼마 후 워싱턴 기념탑의 축소판 같은 바위들을 찍은 사진들이 케네디 대통령의 암살 순간을 판독하는 정밀 사진처럼 인화되어 재단의 분석실로 정시에 배달됐다. 그렇게 하여 우리는 예산에 구애 받음 없이 약 서른 곳의 그럴듯한 바위를 후보로 찾아냈다. 그리고 예비 후보를 고문헌의 기록과 대조하여 최종적으로 다섯 곳의 본선 후보를 선정했다. 물론 작전명에 어울리게 편지의 날짜를 따서 후보가 된 바위에 'YMS-1812-0901A'부터 'YMS-1812-0901E'까지 일련번호를 매긴 것도 당연한 수순이 되겠다.

내가 주도하여 진행한 과정은 대략 여기까지. 이후의 현장 발굴부터는 내 손을 떠났지만 후속 작업은 일사천리로 진행됐다. 그리고 각 후보지에서 미군 유해 발굴로 위장한 조사를 진행하여 드디어 세 번째 지역에서 잭팟을 터뜨린 것이다.

5

작전이 성공적으로 마무리되고 홀가분한 마음으로 난 보스와 함께 인사동으로 나갔다. 한국식으로 한턱을 내겠다니 감사히 얻어먹고 기회가 된다면 정규직 전환도 어필해보겠다는 야무진 마음이었다. 그렇게만 된다면 여자친구와의 크리스마스가 행복할 것 같다.

인사동도 이미 본모습을 잃어버린 지 오래여서 남미에서 왔는지 아프리카에서 왔는지 알 수 없는 국적 불명의 민속품이 거리를 차지하고 있었다. 그런 골목을 요리조리 돌아 보스가 데리고 간 곳은 뜻밖으로 김치찌개가 유일한 메뉴인 집이었다. 생각해보니 화끈한 보스에게 매콤한 김치찌개가 잘 어울릴 것 같긴 하다.

난 돼지고기가 뭉텅뭉텅 들어간 찌개를 먹으며 보스와 함께 연수 시절 얘기를 했다. "제인, 언젠가 재단의 목적이 미합중국 대통령의 무해한 취미생활을 서포트하는 것이라고 했었죠? 그런데 가끔은 진짜가 나온다는 말도 했고. 전 그게 계속 궁금했어요." 찌개를 뜨다 말고 잠시 날 바라보던 보스가 대답했다. "미스터 조, 뭐가 진짜냐는 그걸 들여다보는 시간과 장소가 결정하는 거야. 마치 양자역학의 슈뢰딩거 고양이 같은 거지. 관찰자나 관찰 환경이 대상의 운명이랄까 존재를 정한다는 거야. 한국과 일본에서 유행한다는 혈액형 심리학보다는 신빙성이 있으니 잘 새겨들으라고. 이런 관점에서 거꾸로 내가 질문을 해볼게. 1940년대 후반 미국이 이 나라를 군정 통치한 시기가 있었지. 그때 군정청 소속 수집가 한 명이 서울의 야산에서 조그만 라일락 종자를 채취해 본국으로 가져갔어. 그리고 개량을 거듭해 꽤나 우아한 라일락으로 만들어냈지. 그리고 당시에 자신의 자료 정리를 도왔던 한국인 타이피스트의 이름을 따서 '미스김 라일락'이라는 이름을 붙였다고 하지. 그 후로 그 꽃나무는 세계 도처로 퍼졌어. 만약 내가 그 시절로 돌아가 한국의 야산에서 따낸 씨앗을 보여주며 이게 가끔 나오는 진짜냐고 묻는다면 너는 어떻게 대답할래?"

하루 세 끼 찾아 먹기도 힘든 그 시절, 작고 흔해빠진 라일락을 찾아 산속을 헤매는 미국인을 한국인들은 어떻게 생각했을까. 야산에서 헤매다가 비라도 내릴라치면 마닐라지로 된 종자 봉투가 젖을까봐 자신의 겉옷을 벗어 감싸는 미국인을 말이다. 대학원에서 리포트를 쓰던 시절 만난 어떤 촌로는 일자무식인 자신의 사투리를 채록하는 날 보며 "낮도깨비 오도망질한다"라고 하였다. 학교로 돌아와 며칠 후 채록한 구술을 글로 풀어쓰다가 '오도망질'이란 표현이 사전에 없다는 것을 알았다. 하여 난 이 뜻이 무엇인지 촌로에게 물어봐야지 하고 생각만 했는데, 이듬해 학회 활동으로 그 지역을 다시 찾았을 때 이미 촌로는 세상에 없었다. 그 후로 난 '오도망질'이 무엇인지 아는 노인네를 다시 만나지 못했다. 그리고 그 어떤 사전에서도.

그런 생각을 하고 있는데 보스는 자신이 가장 좋아하는 메뉴가 김치찌개라고 한다. "영혼까지 쥐어짤 정도로 강렬한 맛인데, 미국에서는 먹기 힘들었거든. 지구 반대편에서 자생하던 이 조그만 향신료가 현지에서는 전혀 존재하지 않았던 방식으로 조리되어 한국인과 찰떡궁합이자 영혼의 동반자가 됐다니 정말 신기한 일이야. 어쨌거나 이렇게 매력적인 향신료가 정복자의 손을 거쳐 유럽으로 건너가고 그게 다시 돌고 돌아 중세기에 일본과 전쟁 중이던 한국으로 들어온 거라고 하더라고. 그러니까 터프하게 말하자면 지금 먹는 김치찌개도 정복의 산물이야. 하지만 이것을 문명의 전파라고 다른 뉘앙스로 표현하기도 하지."

그러면서 보스는 재단의 업무가 본질적으로 약탈과 보전, 그리고 독점과 전파라는 이율배반적 성격을 지니고 있다고 했다. 이런 점에서 자신은 재단의 업무를 오컬트에 대한 음모론으로 보는 걸 좋아한다고 했다. 즉 음모론과 신비주의는 권력자에게 최고의 사치를 누리게 함으로써 누구에게나 무해하게 권력의지를 충족시켜주는 동시에 시민들에게도 지고한 어떤 것을 현실이면서 동시에 현실이 아닌 알레고리로 등치시켜 만족감을 준다는 것이다.

"내가 프랑스의 철학자였으면 현란한 언어로 재단의 이율배반적 정체성을 파헤쳤겠지만 다행인지 불행인지 그런 능력은 없어. 하지만 분명히 단언할 수 있는 것은 세상의 모든 음모론은 톡 쏘는 스파이스 같다는 거지. 음모론과 스파이스는 주식으로는 가당치 않지만 어떤 요리에 섞어도 멋진 맛을 낸다는 공통점이 있으니까. 그러니 조, 당신은 뭔가 새로운 소스를 찾아와. 그럼 내가 그걸 요리 재료에 섞어 근사한 레시피를 만들 테니 말이야. 그렇다고 해서 스웨덴의 수르스트뢰밍 농축액 같은 걸 김치찌개에 넣는 짓은 하지 마. 아무리 퓨전이 유행이라고 해도 사람들이 그런 걸 환영할 것 같진 않으니까 말이야."

그러면서 보스는 나에게 약간의 위험을 감당할

수 있는 업무도 맡을 수 있냐고 물었다. "물론 현장 업무야. 얼마 전 본사로 초청장 하나가 날아왔는데 왠지 미스터 조에게 딱 맞을 거 같아서 추천했거든. 이 프로젝트까지만 잘 마치면 본사 소속의 에이전트가 될 수 있어. 어때? 소백산맥 암자에서 헬기로 실어 나른 비석이나 강원도 산골에서 파낸 뭔가가 지금 무슨 조사를 받고 있는지 궁금하지 않아? 그러니까 미스터 조, 모든 향신료들의 맛을 본 다음에 이 재료들로 맘껏 솜씨를 부릴수 있는 개성 있는 셰프가 되고 싶지 않아?"

인사동을 나서면서 마지막으로 해준 보스의 제안은 과연 나에게 시의적절했다. 자신이 속한 조직의 정체성에 혼란을 느끼거나 자기가 맡은 프로젝트에서 존재론적 우울을 느끼는 것 역시 모든 샐러리맨들의 애로 사항이다. 이를테면 제3세계의 이곳저곳에서 온갖 잡동사니를 가로채 자신들의 창고로 옮기는 것에 대한 소심한 반발심. 그것이 아무리 현지인들이 관심을 두지 않는 것이라도. 비록 야산에 피어난 라일락꽃이나 시골 노인네만 본뜻을 알고 있는 낱말일지라도. (그런 생각을 할 때마다 난 내가 물고기 사냥에 이용당하는 펠리컨이 된 기분이었다. 목이 조여 애써 잡은 물고기를 토하고 생존을 위해 던져주는 작은 물고기 정도를 삼키는 기분. 이렇게 생각하면 어디 펠리컨의 존재론이 재단에만 해당할까. 사실 자유주의 시장경제에 있어 모든 고용관계가 그렇지 않을까.)

그런 의미에서 모든 음모론의 톡 쏘는 맛을 직접 분류하고 요리할 수 있다는 보스의 제안은 꽤나 자극적이었다. 난 이 재단에 인턴십 원서를 접수하던 때의 비장함을 잊을 뻔했다. 나의 신분이 아직까지 계약직이라는 것도. 정규직 샐러리맨이 가질 법한 직업적 회의감은 그때로 미루자. 어쩌면 나의 진정한 계약직 연수는 지금부터인지도 모른다는 생각이 들었다. 그때까지는 계약직 펠리컨으로서 성실하게 직장 생활을 해야 하겠지.

어쨌거나 우리의 업무는 세계 최강대국 대통령의 무해한 취미생활을 서포트하는 것이다. 물론 가끔 진짜를 볼 수도 있고 말이다. 어쨌거나 비뚤어진 사명감으로 인해 누군가를 시체로 만들거나 혹은 내 자신이 시체가 될 일은 없을 것이다. 아니, 아주 가끔 시체를 구경할지도 모르지만 보스의 말마따나 최소한 스커드미사일로 애꿎은 어린이들을 폭격할 일은 없으니 말이다.

제2장
이페머러의 유령들

1

첫 번째 총알은 내가 휴게소 화장실 소변기에
다 시원하게 참았던 오줌을 터뜨릴 때 날아왔다.
유럽의 시골길, 웬만하면 경매장으로 지정된 고
성古城에 도착할 때까지 참아보려고 했지만 도저
히 견딜 수 없어 휴게소에 들렀던 참이다. 보스와
의 첫 출장, 그것도 인스타 셀럽이 자신의 계정에
염장질할 때 올리는 사진 같은 근사한 풍경을 달
려 왔지만 여러 시간 차를 타면서 긴장했던 탓이
다. 임무 중 웬만하면 떨어져서는 안 되지만 화장

실은 예외. 보스와 떨어져 남자만의 작은 휴식처에 들어서자 미소가 절로 나왔다. 이렇게 번듯하게 비행기 타고 유럽으로 출장도 다니고, 나름 성공했구나, 하는 흐뭇한 마음으로 소변기 앞에 섰다.

한껏 팽팽해진 방광에서 밀린 휴가처럼 누적된 암모니아 액체를 비우고 있는데, 막상 긴장이 풀리자 소변기에 그려진 파리가 신경 쓰였다. 이왕이면 저놈을 맞춰야지 하고 조준을 했지만 왼쪽 손의 가방 때문인지 오줌발은 과녁에서 비켜났다. 약간 신경질이 난 나는 좀 치사하지만 미국의 남북전쟁 당시 처음 실전에 투입된 개틀링 기관총의 사수처럼 오줌발을 좌우로 흔들면서 파리를 노렸다. 물론 미국의 내전 이후 수많은 인디언들을 때려잡은 개틀링의 난사 기법은 확실히 효험이 있어 소변기에 검게 달라붙은 곤충을 맞출 수 있었는데 그때 로밍해 온 휴대폰이 진동했다. 한 손으로 확인해보니 여자친구의 메시지였다. 출장 자체가 보안이라서 말도 못 하고 출국했는데 어떻게 답하나 싶어 메시지를 재생하기가 꺼려진다. 뭐 급한 일은 아니겠지. 귀국할 때 뭔가 선물이라도 사가야지 하는 생각을 하고 있는데 그때 창문을 깨고 들어온 총탄이 나 대신 데본기부터 적자생존의 정글을 헤쳐 나온 이 유서 깊은 곤충을 철저히 박살낸 것이다.

난 볼일을 보는 동안 치사하게 뒤통수로 총알이 날아올 거라곤 태어나서 단 한 번도 생각해 본 적이 없지만 본능적으로 허리를 구부려 바닥을 뒹굴었다. 소변기는 유격 훈련소의 11미터 높이 막타워에서 떠밀린 것처럼 산산조각이 났다. 난 본능적으로 방금 자대배치 받은 신병처럼 빠릿빠릿하게 움직였다. 사실 음속의 90%로 돌진해 오는 총알은 무엇이든 그렇게 만들 것이다. 불과 0.1초 만에 군 시절로 빙의한 나는 가방을 안고 화장실 바닥을 굴렀다. 바닥이 지저분하게 젖어 있어 평소라면 두 번은 고심하고 굴렀겠지만 지금은 체면을 차릴 때가 아니었다.

그 와중에서도 미처 끊지 못한 오줌이 여미지 못한 지퍼 사이로 새어 나왔다. 난 생리현상을 이겨내며 화장실 입구 쪽으로 기어갔지만 또다시 날아온 총탄에 소변기 하나가 더 박살이 났다. 이럴 줄 알았으면 베레타 권총이라도 한 자루 달라고 할걸.

다행히 보스가 반격을 하는지 가까운 곳에서 반가운 사격음이 들렸다. 5분 전만 해도 보스 옆에 얌전히 앉아 즐거운 드라이브를 했는데 이게 뭔 일이람. "제가 말이죠. 군 시절 예비역들의 통제관으로 근무했으며, 군을 제대한 지금도 1년에 한 차례씩 국가의 초빙을 받아 재훈련을 하고 있습니다." 오는 동안 차에서 보스에게 예비군 조교로 근무한 내 군 시절과 올해 초 동원훈련 다녀왔던 걸 신나게 떠든 게 떠올랐다. 그렇게 큰소리를 쳤는데 이게 웬 민폐인지.

총소리를 들어보니 토라진 연인들처럼 보스와 총질하는 놈이 하나. 그리고 치사하게 화장실 저편에 내 가방을 노리는 놈이 하나 더 있었다. 난 내 쪽으로 튕겨져 나오는 도자기 파편을 한 움큼 쥐고 입구 쪽으로 던져보며 총탄의 사각지대를 찾아보았다. 세계 굴지의 대기업 MS의 지뢰 찾기 게임처럼 소변기 파편 몇 개를 던지고서야 정답을 확인했다. 난 첫 출장이라고 애써 골라 온 슈트와 젤로 멋들어지게 폼을 낸 헤어스타일을 망치는 것을 대가로 화장실 밖으로 나올 수 있었다.

그리고 급히 시동을 건 보스의 차에 올라타고 나서야 찌그러진 알루미늄 가방을 다시 품에 안을 수 있었다. 준비라도 한 것처럼 절벽 옆으로 S 코스의 길이 펼쳐지고 우리 쪽 반격이 시작되었다. 정확히는 한 손으로 핸들링을 하면서 다른 손으로 사격을 하는 보스의 독무대였지만. 그래, 바로 이게 내가 기대했던 스파이의 세계다.

다행히 습격자들의 타이어에 펑크가 나 가드레일에 처박히자 텔레토비들같이 생긴 치들이 분통을 터뜨린다. 놈들을 멀리 떨어뜨려놓고 한숨을 돌리자 놈들에 대한 분노와 함께 다음과 같은 세 가지 생각이 뫼비우스띠처럼 정신없이 순환했다.

첫째, 소변은 중간에 끊기가 정말 어렵다.

둘째, 직종 불문하고 계약직이 정규직 전환되는 것은 정말 만만치 않구나.

셋째, 억지로 끊은 소변으로 방광이 정말 아픈데 딱 10초만 차를 세우면 안 되겠냐고 지금 옆에서 열심히 액셀을 밟는 보스에게 물어봐야 하나.

2

　모든 일은 3개월 전, '마이스터 X'로 자칭하는 치로부터 미국 CIA로 날아든 정중한 초청장 때문이었다. 우리말로 번역한다면 '미합중국 중앙정보부장 귀하' 다음에 삼가 아뢴다는 뜻의 '근계謹啓' 정도로 번역할 수 있는 고풍스러운 라틴어로 시작하는 그 초청장은, 그 안에 담긴 세네카 시절의 고아하고도 정중한 문법과 달리 내용 자체는 아주 화끈한 것이었다. 사실 라틴어로 적힌 초청장에 대해서 CIA는 처음에 자신들의 지적 수준을 우습게 보는 누군가의 장난으로 알았다. (사실 언제 CIA가 로마 황제 카이사르나 쓸 라틴어로 된 초청장을 받아봤겠는가 말이다. 자기네 땅에 한 발이라도 어물쩍거리면 본때를 보여주겠다는 아랍어 테러 경고장이나 제3세계에 새로 데뷔한 독재자가 이번 쿠데타를 승인해주면 미합중국에 견마지로를 다하겠다고 맹세하는 비밀 서신이라면 모를까 말이다.)

하여간 동봉된 경매 품목 브로슈어는 피지로 장정되어 그 자체가 하나의 고아한 예술품 같았다. 하지만 방금 말했다시피 그 안에 담긴 내용은 토마토 스파게티에 악의적으로 섞인 무교동 낙지 볶음 소스처럼 무심코 먹었다간 주르륵 눈물방울 콧물방울을 쏙 빼낼 만한 도약식 지뢰들이 숨겨 있었다. 즉, 브로슈어에 담긴 경매품 일부는 CIA가 추구하는 세계평화에 살짝 변수가 될 수 있는 것들이었다. 예를 들어 다음 품목이 그러하였다.

경매 품목 제3호. 〈카탈루냐의 성모상 및 영상 테이프 세트〉. 스페인 카탈루냐 지방에서 1990년대 대량생산된 석고 상. 축성 이후 여러 차례에 걸쳐 성모의 눈에서 피가 흐르는 이적異蹟이 발생. 이적의 상황을 홈비디오 카메라로 녹화한 테이프 1개(PAL 방식, 11분). 영상에는 카탈루냐 지방의 분리독립을 주장하는 회합에서 성모상의 이적이 발현되는 장면이 녹화됨.

경매 품목 제8호. 〈왕펑의 유품과 유골 세트〉. 왕펑은 톈안먼사건에 연루된 베이징 시민. 1989년 6월 죽을 때 착용했던 의상 1벌과 시신 안에서 적출된 탄환 3개. 당사자가 사망 전까지 기록한 일기(휴대용 수첩에 간자체 북경어). 사망 이후 가매장된 모처에서 친우들이 발굴해 빼돌린 당사자의 유골.

경매 품목 제10호. 〈미국 황제 노턴 1세의 국채 및 유언장〉. 1879년 미국 황제 노턴 1세가 발행한 국채 5매(각 액면가 10달러, 복리 7% 명기). 미합중국이 멕시코의 영토를 불법적으로 획득했음을 인정하고 해당 지역에서 멕시코인들의 자유로운 거주를 항구적으로 보장하겠다는 칙령을 담은 2절 크기 유언장. 특기 사항으로 유언장 하단에 당시 샌프란시스코 시의원 3인과 지역 경찰서장의 공증 서명이 기재되어 있음.

하나같이 외부로 공포될 경우, 각각의 정부에게 살짝 당혹감을 줄 만한 경매물이었다. 정보기관의 입장에서 보자면, 이런 종류의 잡동사니는 마치 시골에서 야영할 때 필수적으로 마주치는 새까만 산모기 같은 것이다. 놈들이 신나게 깨물어댄다고 해서 설마 죽지야 않겠지만 일주일 정도는 신경질을 내며 가려운 곳을 벅벅 긁어댈 수밖에 없으니 말이다. 그러니 목숨에는 지장 없지만 가급적 때려잡을 수 있을 때 때려잡자는 게 각국의 안보를 성실하게 책임지는 정보기관의 입장일 테다.

물론 미국의 최초이자 최후의 황제로 자처한 노턴 1세의 유언장을 떠안은 CIA로서는 그나마한숨 돌릴 상황이었다. 즉, 19세기 후반 샌프란시스코에서 황제를 자처했던 자의 칙령은 산모기까지는 아니고 식탁에서 눈에 띄면 비위가 상하는 바퀴벌레 정도로 여겨진 것이다. 당시에 꽤나 샌프란시스코 시민들 사이에서 인기를 끌었지만 결국 미치광이 어릿광대에 불과했으니 말이다. 그렇지만 기분이 나쁜 거는 나쁜 거다. 심심하면 자신들의 옛 영토로 밀입국을 시도하는 멕시코와 신경전을 하고 있는 상황에서 말이다. 그렇잖아도 멕시코와의 국경에 21세기형 베를린장벽을

치려는 참인데 설마 이런 잡동사니가 투표권을 가진 미합중국 히스패닉 시민권자의 감성을 자극하는 건 아니겠지?

뭐 그건 그렇고, 왕평의 유품이야말로 중국 정부에게 필요한 순간 제법 날카로운 잽을 먹이는 카드로 활용할 수 있지 않을까 하는 것이 CIA의 분석관들이 내린 결론이었다. 톈안먼사건이야말로 파룬궁사건이나 위구르인의 인권 문제와 함께 중국의 아킬레스건이 아니던가. 그렇잖아도 세계 제2위의 경제력을 바탕으로 슬슬 미국에 잽을 날리는 베이징의 권력자들이 맘에 들지 않았으므로, 적절한 순간 중국을 화딱지 나게 만들 수 있는 산모기 정도는 확보해둬도 좋지 않겠느냐가 CIA의 겸손한 입장이었던 것이다. 뭐, 눈에서 피눈물을 흘린다는 석고상 정도야 가끔 관타나모 수용소의 인권 문제에 딴지를 거는 바티칸에 크리스마스 선물로 안겨줘도 되고 말이다.

CIA가 이렇게 진솔한 결론을 내린 데에는 학창 시절 토마스 페인의 유골의 행방을 주제로 소논문을 쓴 바 있는 국제정세 분석관의 통찰 때문

이었다. 토마스 페인으로 말하자면, 1776년 47쪽
짜리 소책자를 저술하여 영국과의 전투를 내전의
일종이라고 안이하게 생각하고 있던 조지 워싱턴
에게 그게 아니라며 아예 이참에 독립을 해야 한
다고 부추긴 인물이 아니던가. 그리고 비운의 혁
명가의 무덤은 사후에 파헤쳐져 그의 유골은 또
다시 영국의 내전을 부추기기 위해 대서양을 건
너가게 된다. 즉, 페인의 사례처럼 세계사에 있어
어떤 종류의 유골은 후대의 신봉자들에게 지속적
으로 빙의하여 핵무기 못지않게 꽤나 커다란 정
치적 영향력을 발휘할 수 있다는 것이 A학점을
받은 소논문의 결론이었던 것이다.

경매 목록을 둘러싼 이런저런 논의를 종합한
CIA에서는 이 경매에 뛰어들기로 결심했는데 알
고 보니 경쟁자가 한둘이 아니었다. 고아한 라틴
어 초청장이 방귀깨나 뀐다는 전 세계 경매업체
및 박물관은 물론 정보기관들에도 블랙프라이데
이 세일 전단지처럼 한가득 뿌려진 것이다. 이후
이스라엘의 모사드와 이란의 정보부가 경매 품목
제1호에, 러시아의 FSB가 경매 목록 제13호에

관심을 갖고 엉덩이를 들썩거리고 있다는 휴민트의 첩보가 CIA에 입수되었다. (CIA 담당관은 이 보고를 받은 직후 도록을 펼쳐 제1호와 제13호 품목이 뭔지 찾아본 것은 당연하다.) 즉, 전 세계 정보기관의 식탁 위로 뜨겁게 끓고 있는 수르스트뢰밍 스튜가 예고 없이 배달된 것이다. 고약한 냄새와 비주얼에 눈살을 찌푸리지만 다른 놈들이 스튜를 얻어다 혹여나 자신의 앞마당에 악의적으로 엎어버릴까 걱정이 된 것이다. 다들 생각하는 게 비슷했는지 모든 정보기관의 전화통은 부산스러워지기 시작했다. 우선은 누가 어떤 스튜에 손을 뻗치는지 귀동냥하는 한편, 마이스터 X가 경매 참가의 조건으로 제시한 물물교환에 대해서도 알아봐야 하기 때문이다.

고양이처럼 얄밉게 목숨이 아홉 개라도 되는지 감히 전 세계 곳곳에 군웅할거하는 정보기관들을 유럽의 고성으로 초청한 마이스터 X로 말하자면 경매업계에서 물물교환의 신봉자로 알려진 큰손이었다. 이번 초청장에서도 달러 등 기축통화로의 입찰은 정중히 사절한다는 겸양과 함께 동봉한 조건에 해당하는 물품을 제출하면 이를 평가하여 경매에서 사용할 수 있는 칩을 제공하겠다는 뜻을 밝혔다.

"X라는 치가 경매 쪽에서 제법 유명하단 말이지? 간도 크지, 어떻게 정보기관을 상대로 카지노 게임을 하려고 해? 자네들도 가만히 있지 말고 얼른 X에 대해서 좀 알아봐." CIA에서 이번 작전을 떠맡은 담당관의 채근을 받은 부하들은 부리나케 크리스티와 소더비의 전문가들과 접촉했다.

"마이스터 X는 우리 업계에서 전설로 내려오는 큰손이죠. 오컬트가 그의 주된 수집 테마였던 것으로 기억합니다. 다만 거래 방식이 좀 독특한데, 항상 물물교환이 원칙입니다. 그분의 말씀에 의하면 물물교환이야말로 가장 역사적으로 오래되고 신뢰할 만한 거래 방식이라더군요. 가만 보자, 저희가 가장 최근에 했던 거래가 5년 전인데 그때 인큐내뷸럼으로 판정된 고서적을 저희 쪽 이페머러 한 뭉치와 바꿔 가서 회사에 큰 수익을 가져다줬죠." 크리스티 고위층의 증언이다.

"뭐, 저희도 정체는 알 수 없습니다. 온갖 희

귀품의 수집에 골몰하는 유럽의 귀족이라는 말도 있고 냉전 당시 군수품 사업으로 한몫을 잡은 CIA의 기관원이란 설도 나돌았지요. 하여간 항상 초청장을 보내 자신이 소유한 유럽의 고성에서 물물교환을 했습니다. 제 전임자 말로는 경매장의 분위기가 좀 기괴스럽긴 했지만 거래가 신사적이어서 참가자들이 다들 만족했다고 하더군요. 고성 자체도 물물교환으로 얻은 거라는 소문이 있었습니다. 아주 멋진 성이라고 하던데 그런 성이랑 교환하려면 도대체 뭘 줬을까요?" 이건 소더비 고위층의 증언이다.

"인큐내뷸럼은 뭐고 이페머러는 또 뭐야?" 실무자들로부터 보고를 받은 CIA 담당관이 짜증을 낸다. "그게 고서업계의 용어인데, 인큐내뷸럼은 구텐베르크가 인쇄술을 발명한 1450년부터 1500년까지 유럽에서 활자로 인쇄된 서적을 가리키는 말이라고 합니다. 그러니까 간단하게 말해서 꽤 돈이 된다는 거죠. 반면에 이페머러는 극장표나 포스터처럼 한 번 쓰고 버리는 잡동사니를 말한답니다. 그러니 마이스터 X는 구텐베르크 성경 같은 걸 코 푼 휴지와 바꿔 간 셈이죠."

"그래? 그럼 우리가 상대하는 치가 갑부인 동시에 바보 멍청이라는 건가? 그런데 CIA 기관원설은 또 뭐야? 혹시 누군가가 우리를 사칭하고 다니는 거 아냐?"

"사실 저도 그 점에 대해 의구심을 갖고 관계 부서에 문의를 해봤는데 상당히 가능성 있는 얘기랍니다. 하긴 2차 대전 종전 당시에 베를린의 히틀러 서재에서 책을 집어 온 선임도 있고 하여간 역대로 별의별 취미를 가진 치들이 다양하게 있었다고 합니다. 솔직히 저희 일이라는 게 한 발 삐끗하면 정신과 의사 신세를 지기 십상이잖아요." 그러면서 X로 의심되는 역대 CIA 요원들의 기행과 일탈을 나열한다.

"아이고 머리야. 지금 한 얘긴 어디 가서 입도 뻥긋하지 말고. 아무튼 정보원이든 아니든 도대체 정신세계가 어떻길래 물물교환이래?"

"그러게요. 일단 달러 위주의 기축통화에 거부감을 가지고 있음이 틀림없습니다. 이런 의미에서 사회주의의 신봉자이거나 아나키스트일 수도 있고요. 그리고 국제어인 영어를 두고 케케묵은 고대어를 쓰는 걸 보니 꽤나 현시적이면서도 현대문명에 반하는 자임에 틀림없지요. 그런 의미에서 아까 제가 드린 역대 CIA 요원 중에 이에 해당하는 인물로……"

"아, 그 얘긴 집어치우고, 그치가 원하는 물품 후보를 찾았다며? 그게 뭔지나 얘기해봐." 양손으로 머리를 짚는 담당관의 말에 다른 실무자가 자신은 바로 그 점에 포커스를 맞춰 후보를 조사했다고 얼른 대답을 한다.

"그게, 세계희귀물보호재단 한국 지사의 수장고에서 아직 미분류로 보관하고 있는 세기말의 예언서가 1순위로 올라왔습니다. 제 생각에는 코푼 휴지 같긴 하지만 마이스터 X의 기호는 만족시킬 수 있을 것으로 분석됐습니다."

3

결국 절벽 갓길에 잠깐 정차를 하고 민망하지만 생리현상을 해결한 후 좀 더 달리자 멀리 고성이 보이기 시작했다. 과연 전 세계 내로라하는 정보기관의 엉덩이를 들썩이게 만들 만한 아우라가 느껴지는 건축물이었다.

보스가 건네준 손수건으로 슈트의 오물을 닦고 있는데 가만 보니 언제 그랬는지 알루미늄 가방 잠금장치가 찌그러져 있다. 순간 석사 졸업식 때 선물 받은 몽블랑 만년필을 학교 앞 주점의 더러운 변기에 떨어뜨렸던 게 생각나 짜증이 솟구쳤다. '이거 혹시 잠금장치가 고장 난 거 아냐?' 나는 가방이 제대로 열리는지 미리 살펴봐야 하나 잠깐 고민을 했다. 그러자 이렇게 안 해도 될 고민을 던져준—그보다는 억지로 소변을 끊게 해 내게 이런저런 망신을 준— 습격자들에 대한 분노가 치솟았다. 가방 안에 담긴 건 어찌 보면 잡동사니에 불과하지만 다른 시선에서 보면 우리를 초청한 국제 경매계의 큰손이 버선발로 반길 귀중품일 수도 있는데 말이다.

그렇게 생각하자 습격자들이 천 년을 견뎌온 대형 석불을 로켓포로 박살낸 탈레반만큼이나 악독한 인류 문명의 적으로 느껴졌다. 가방 위편에 움푹 팬 총탄 자국은, 우리 세계가 아직도 반달리즘이 횡행하는 야만적인 세상임을 증언하고 있는 것이다. 내가 반달리즘 운운하며 분노를 표하자 자연스럽게 코너링을 구사하던 보스가 금방 반론을 제기한다. "미스터 조, 마음은 알겠는데 그건 헛소문이야. 반달족이 들으면 섭섭해할걸. 걔네들이 로마랑 얼마나 친했는데. 그건 전부 가짜 뉴스라고." 그동안 내가 가짜 뉴스에 빠져 있었다는 보스의 반박에 괜히 의기소침해졌다.

출국 전 보스로부터 이번 출장에 대한 비하인드 스토리를 전해 들을 때까지만 해도—물론 내 보안등급이 허용하는 한도에서 들려줬을 테지만—내가 마치 계약직 스파이가 된 기분이었다. 그러니 이렇게 슈트와 가방이 망가지니 심장이 콩닥거린다. 어쨌거나 놈의 습격을 통해 또다시 인생의 비망록에 새겨 넣어야 할 좋은 교훈을 얻었다. 꽤 그럴듯한 목표를 가지고 있더라도 현실의 급박한 생리적 현상에는 무장해제가 될 수밖에 없다는 것. 무자비한 핵펀치를 갖고 있던 마이크 타이슨이 말했던가. '누구나 그럴싸한 계획을 갖고 있다. 처맞기 전까지는.' 사실 나 역시 지금껏 살아오면서 인생의 중요한 순간마다 현실이란 이름의 괴물이 날리는 핵펀치에 굴복해 미리 세워놓은 그럴싸한 계획을 포기해야만 했다. 그러니 결론은 처맞기 전까지 더 그럴싸한 계획을 세워둬야 한다는 것.

"그런데 보스, 이게 그치들 맘에 들까요?" 나는 알루미늄 가방을 흔들며 그럴싸한 계획에 대해 생각했다. 부디 이 안에 담긴 것이 타이슨의 핵펀치에도 견딜 만큼 더 그럴싸한 계획이었으면……. 이 안에 담긴 참가품이 말이다.

이번 프로젝트에 합류한 이후 보스가 알려준 바에 따르면, CIA로 날아든 초청장에 고아한 라틴어로 기재된 물품의 조건은—즉, 참가비이자 물물교환으로 쓰일— 바로 공개되지 않은 모든 종류의 예언서였다.

〈교환 가능 품목〉: 여태껏 공개되지 않은 모든 종류의 예언서. 응당 진지하게 기술된 원본이어야 하며 가능하다면 관련된 자료 포함. 사전 검토를 위해 경매 전 이메일로 사본 제출할 것. 경매 당일 원본 지참. Post Scriptum. 경매 참가자는 2인으로 제한하며 신원 조회를 위해 인적 사항 사전 통보 요망.

"예언서라…… 그건 완전 노스트라다무스의 『모든 세기』 같은 걸 달라는 거잖아요? 초판본이면 엄청 비쌀 텐데." "글쎄나, 노스트라다무스는 자격 조건에서 탈락이지 않을까? 이미 널리 알려졌을 테니까. 그리고 '모든 세기'는 원제인 프랑스어를 영어로 옮긴 거고, '100편의 시'가 더 원어에 맞거든?" "아아 제인, 박식한 거 아니까 그만좀……."

그렇다. 내가 슈트를 망치면서까지 온몸으로 보호한 알루미늄 가방에는 아직도 세상에 공개되지 않은 예언서가 들어 있다. 즉, 우리들의 그럴싸한 계획인 것이다.

본부와 연동되는 데이터베이스 검색을 통해 한국 지사의 수장고에 예언서 비슷한 것이 있다는 것을 확인하고 날아온 본부 요원은 프로젝트에 합류한 내게 사건의 개요를 알려주었다.

대략 돌아가는 사정을 이해한 나는 보스와 함께 지하 수장고에서 해당 물품을 확인했다. 본부의 비밀 수장고로 이송될 만큼의 가치는 인정받지 못해 극동아시아의 창고에서 언젠가 누군가가 키스로 깨워주길 바라는 백설공주처럼 곱게 잠들어 있던, 그러니까 마이스터 X의 조건에 들어맞을지 모르는 이페머러 한 뭉치.

1) 소장 번호 : 제1993-1212-101호

2) 문헌 명칭 : 〈피의 어린양 권지영의 순교 환상록〉(저자 권지영, 1991년 12월~1992년 10월 기록)

3) 수록 내용 : 1992년 시한부 종말론과 연관된 예언

4) 수집 연도 : 1993년(수집처 : 월간 『현대종교』 김상훈 기자)

5) 특기 사항 : D등급으로 판정 한국 지사 보관

마닐라지 대봉투에 관련 문헌을 봉인해둔 한국 지사 전임자가 이 문서를 요약한 내용은 다음과 같았다.

6) 문헌 요약 : 1991년 12월~1992년 10월 사이에 기록된 예언서. 기록자는 한국 D선교회의 신도인 권지영. B5 크기 노트 59쪽 분량.

1992년 10월에 휴거가 발생할 것으로 믿은 권지영(당시 만 15세)은 1991년 학교를 자퇴하고 D선교회에서 금식기도 중 순교 환상을 봄. 이후 선교회 측에서 '피의 어린양'으로 불리며 예배에서 선지자로 주요 역할 수행. 최초로 계시를 체험한 1991년 12월부터 1992년 10월의 휴거, 이후 7년 대환란 및 천년왕국의 도래에 이르기까지 남북한

및 전 세계에서 일어나는 주요 사건을 연대기적으로 서술. 1992년 10월 28일, 휴거가 발생함에도 불구하고 권지영 본인은 불신자들에 대한 선교를 위해 지상에 남겨진다고 주장. 이후 북한에서의 선교 활동 중 처참하게 순교를 하기까지의 일들을 기록.

노트의 표지에 '피의 어린양 권지영의 순교 환상록'이라는 제목이 본문과 다른 필체로 기재되어 있음. 관련 자료로 D선교회의 선교 전단지. 권지영의 예배 모습이 담긴 스냅사진.

CIA의 채근을 받은 본부에서는 세계 각국의 수장고 목록을 검색했다. 그러나 데이터베이스에서 '예언, 계시' 등의 키워드로 검색해도 재단의 본사 및 전 세계 지사를 통틀어 그럴싸한 것은 별로 없었다. 어쩌다 검색되는 것마저도 이미 어떤 형태로든 공개된 인쇄물들이었고 이런 사정은 우리 재단과 유사한 기능을 수행하는 미합중국의 모든 박물관과 학술 기관도 마찬가지였다.

물론 과테말라의 석조물 중에 아직 알려지지 않은 미래 예언이 아즈텍어로 적힌 것을 찾아내긴 했지만—CIA의 특명을 받은 본부 요원이 한국으로 오기 전에 이미 과테말라를 거쳐 왔다고 한다— 무게 3.5톤의 석조물을 유럽의 고성으로 옮기기엔 너무 눈에 띈다는 것이 지령을 내린 CIA 본부의 실용주의적인 판단이었다. 물론 석조물에서 탁본을 뜰 수도 있겠지만 아무리 아전인수에 능숙한 CIA라 하더라도 채 절반도 해석해내지 못하는 석조물의 탁본을 '응당 진지하게 쓰인 원본이어야 하며'라는 주최 측의 조건에 맞는다고 우길 순 없을 테다.

하여, 한 소녀의 이 괴상한 예언서가 추천 1순위로 오르고 드디어 보스와 나에게 현지 출장의 임무가 주어진 것이다. 겸사겸사 이렇게 미친 짓을 하는 마이스터 X의 정신세계도 살펴보고 말이다. 지구상에서 온갖 괴상망측한 물품을 쓸어모을 만큼 인간관계의 폭이 넓으면 언젠가 유효적절하게 이용해 먹을 수 있지 않을까 하는 것이 CIA의 겸손한 인간관계론인 것이다.

4

고성에 도착해 물이 출렁거리는 해자 앞에 차
를 세우고 내리니 우리는 마치 옛 민담을 채록하
며 중부 유럽을 쏘다녔던 그림 형제 같았다. 이렇
게 고생하여 수집한 민담이 흥미로울지 어떨지는
아직까진 모르겠다만……

우리가 연미복 차림을 한 집사의 안내를 받고
있는데 총탄 자국이 또렷한 차가 우리 옆에 나란
히 주차를 한다. 이거 혹시 아까 치사하게 화장실
을 습격한 놈들 아냐? 난 득도한 부처님처럼 눈
을 가늘게 뜨고 차에서 내리는 치를 보니 역시나
꼬꼬마 텔레토비의 보라돌이와 뚜비처럼 생긴 놈

들이다. 난 모처럼 주문한 물건이 사실은 다른 사람이 반품한 것을 알아챌 때처럼 화가 났다. 그래서 멱살이라도 잡으려고 보라돌이에게 다가서려 했지만—물론 놈들도 벌써 슈트 주머니에 손을 넣고 있는데— 도개교 앞에서 우리를 지켜보던 연미복이 경고를 한다.

"벌써 화끈하게 한판 하셨나 본데, 지금부터는 저희 통제를 따라주시죠." 연미복이 말을 끝내자 해자 위 망루에서 일렬로 늘어선 주최 측 하수인들이 석궁을 겨눈다. 순간 난 기가 죽어 아무래도 2차전은 나중으로 미뤄야겠다고 생각을 했다. 뭐, 슈트가 망가진 것은 저치들이 더 심하니 약간 통쾌하기도 했고. 어쨌든 소지한 무기와 휴대폰을 모두 연미복에게 맡기고 나서야 도개교로 입장. 일단 첫 관문 통과다.

해자 위로 놓인 도개교를 통해 성 안에 들어가자 음습한 고딕 양식의 첨탑이 우리를 반긴다. 마침 석양이 깔리면서 고딕풍의 전경이 핏빛으로 물든다. 색감이 화사한 게 SNS에 사진으로 올리면 끝내줄 것 같다. 아까 그림 형제 운운한 거는 취소다. 이건 브램 스토커가 그려냈던 「드라큘라」의 성이다. 혹시 스스륵 관짝을 열고 나오는 요괴들에게 피를 빨리는 건 아닐지.

그런 생각을 하며 텔레토비 놈들과 함께 어깨빵을 하며 드라큘라의 성으로 들어가자 두 번째 연미복이 대기실로 안내한다. 대기실은 독일 표현주의 영화에 나올 법한 잿빛이었다. 물론 우리보다 먼저 도착한 세계 각국의 정보기관 관계자들이 서로 내외하는 사돈지간처럼 앉아 있다. 다들 오면서 우리와 비슷한 다툼을 벌였는지 옷차림이 험하다.

"예약자 중 두 팀이 안 오셨지만, 앞으로도 영영 오지 않을 거란 뉴스를 들었습니다. 그러니 이제 시작하죠. 먼저 여러분들이 휴대한 물품의 가치를 산정하여 경매에서 쓸 돈으로 바꿔드리겠습니다." 두 번째 연미복이 선언했다.

미리 순서를 정했는지 터번을 두른 아랍인들이 세 번째 연미복을 따라 옆방으로 이동했다. "보스, 저기가 환전소인가 봐요." 그렇게 보스에게 귓속말을 하는데 날 노려보는 보라돌이와 뚜비. 그

옆자리엔 관상을 보아하니 일본인들이 분명하다. 한국인들은 일본 사람들을 귀신같이 잘 찾아내거든. 아마도 내각 정보실이나 그 하수인쯤 되겠지. 그리고 그 옆으로 유대인과 아랍인, 인도인과 중국인, 그리고 슬라브인과 독일인이 슈트가 찢긴 채로 홍대 앞 노점에서 파는 소떡소떡 꼬치처럼 번갈아 가며 앉아 있다. 그러고 보니 찰리 채플린의 말마따나 스파이의 세계 역시 멀리서 보면 비극이고 가까이에서 보면 희극이라는 생각이 들었다. 아니다, 찰리는 반대로 말했던가?

여하튼 각국의 스파이들은 배우자의 불륜을 의심하며 상대의 SNS를 염탐하는 것처럼 서로를 엿보기 시작했다. 그리고 아쉬워했다. 조금만 운이 좋았다면 이 자리에 도착하지 못한 어떤 두 팀처럼 쓱싹 해치울 수도 있었을 텐데.

우리 차례가 되어 연미복을 따라 환전실로 가자 러시아 정교회 사제복 같은 복장을 한 남자가 마호가니 책상에 앉아 있다. 덥수룩한 수염에 비만인 몸이 마치 러시아의 요승 라스푸틴 같다. 거참, 일어서서 인사 좀 하면 어디 덧나나. 피스트

범프까지는 아니더라도 가볍게 포옹이라도 하면 얼마나 훈훈하고 좋아 보여. 그런 생각을 독심술로 듣기라도 하는 것처럼 날 쳐다보던 라스푸틴이 손짓을 한다.

보스를 돌아보니 작게 고개를 끄덕인다. 난 잠금장치가 찌그러진 가방을 열고 우리가 고심 끝에 준비해 온 예언서를 꺼냈다.

자신은 1992년 북한에 들어가 선교를 하다가 이듬해 짐승의 흉포한 입에 갈가리 찢기며 순교를 당한다던 환상의 계시. 그리고 무시무시한 대환란의 참상과 천년왕국의 도래. 영화로 치자면 복음주의 종교물과 끔찍한 호러 장르를 반반씩 섞은 듯한 기록은 호라티우스가 고아하게 전원시를 짓던 그 시절의 라틴어로 번역되어 함께 제출되었다. 물론 예언서에 담긴 감수성은 호라티우스가 주장한 스토아적 미덕과는 백만 광년쯤 떨어져 있긴 하지만 말이다.

예언서를 라틴어로 번역하자고 한 것은 내 아이디어였다. 자퇴를 안 했다면 겨우 여고생일 여자애의 예언이었고, 선교회로 말하자면 사기극

혹은 정신착란, 아무리 잘 봐줘도 광기였던 행적
이 확인되었으니만큼 혹여 마이스터 X의 맘에 안
들까봐 번역문이라도 초청장의 언어와 동일하게
하여 주최 측의 비위를 맞추자고 의견을 낸 것이
었다. 라틴어 번역은 기축통화의 패권국인 미합
중국에서 담당했지만 말이다.

　사본이 미리 이메일로 제출되었지만, 라스푸
틴은 예술영화의 애호가들이 새로 발굴된 잉마
르 베리만의 숨겨진 명작을 관람하듯 원본 노트
와 호라티우스의 전원시 풍으로 번역된 순교 환
상록을 훑어보았다. 물론 첨부한 이페머러, 그러
니까 기이한 종교적 광기를 보여준 선교 전단지
도 라틴어 번역본과 함께 라스푸틴에게 제출되었
다. 설마 이 요승이 마이스터 X는 아니겠지?

　그렇게 우리가 제출한 기묘한 환상의 언어와
말세를 외치는 전단지 검사를 마친 라스푸틴은
옆에 서서 대기하던 네 번째 연미복에게 수어를
한다. 도대체 말을 못하는지, 묵언수행 중인지. 아
니면 우리에게 세네카 시절의 라틴어로 말을 건
네면 못 알아들을까봐 일부러 작은 친절을 베풀

려는 건지. 그치만 그 시절의 라틴어라면 나야 당연히 불가능하지만 제인은 혹시 가능할지도.

그런 생각을 하며 곁눈질로 보스를 보는데 정작 나의 파트너는 라스푸틴을 진지하게 쳐다보고 있다. 이 요승의 머릿속에 무엇이 있는지, 그리고 이런 소동의 진정한 의도가 무엇인지를 캐보고야 말겠다는 의지의 눈빛으로.

그러는 사이 네 번째 연미복이 우리에게 한 움큼의 주화를 주었다. 앞면에 로마의 황제들이, 그리고 뒷면에는 괴수나 검투사들이 그려진 고대 로마제국의 은화들이었다. 붉은 벨벳 자루에 담긴 것들은 모두 50개 정도 되어 보였다. 연미복은 은화를 수령했으니 이제 다음 손님을 받겠다며 우리에게 나가라는 눈짓을 보냈다.

그때 난 한 손을 들었다. 잠깐만 아직 용건이 덜 끝났다고.

그렇다. 내가 누구인가. 멀리서 보면 희극, 가까이서 보면 비극인 이 양극화의 세계에서 취준생의 고단한 시절과 인턴을 거쳐 계약직으로 잔뼈를 키워온 내가 아니던가. 난 알루미늄 가방에서 봉투를 꺼내 그 안에 접어 온 신문지와 테이프를 추가로 제출했다. 휴거 전날인 1992년 10월 27일, 당일인 28일, 그리고 다음 날인 29일자 일간지.

물론 난 이 기사 역시 라틴어로 번역했다. 당연히 본부와 별개로 개인적으로 사비를 들여 번역한 것이다. 그러니 지금부터 내가 할 프레젠테이션 역시 라틴어다. 난 봉투 겉면에 라틴어로 미리 적어온 설명문을 읽었다. "예언록과 관련된 이페머러입니다. 휴거 전후의 소동을 묘사한 신문기사이지요. 지난 세기말, 극동의 한 나라에서 있었던 종말에 대한 작은 소동은 당사자에게는 고통스러운 쾌락과 달콤한 죄의식을 안겨주었던 실존적 사건이었습니다. 이 어린 선지자가 목격했던 환상은 진실이었을까요? 순수한 광기로 시작되었으나 결국은 스스로에게 가없는 혐오와 절망만을 안겨준 것이었을까요? 여기서 저는 어쩌면 순교의 예언이 들어맞았는지도 모른다고 주장하고 싶습니다. '휴거의 불발에도 불구하고 어쩌면 휴거는 실현되었다. 휴거로 선포된 자정 이후로 자의든 타의든 종말론 신도들은 더 이상 지상에서 찾아볼 수 없게 되었기 때문이다.' 지금은 색 바랜 신문에 이렇게 적혀 있지요. 이런 식으로 모든 세기의 모든 예언은 다들 저마다의 진실을 증언하고 있을 겁니다."

다만 김밥에 기름솔로 참기름을 칠하듯 뭐든 완성품에는 데커레이션이 중요한 법. 난 함께 준비해 온 오래된 워크맨에 테이프를 넣고 재생을 했다. 테이프에서는 이 세상에 존재하지 않는 괴상한 언어들이 광적인 리듬으로 흘러나오고 있었다. 종말을 희구하는 예배에서의 방언기도였다.

내가 준비한 지난 세기의 신문 쪼가리나 테이프는 세네카나 호라티우스가 반가워할 내용은 아니었겠지만 라스푸틴에게는 그런대로 꽤 괜찮은 인상을 주었나 보다. 라스푸틴은 고개를 끄덕이며 손에 따로 쥐고 있던 금화 한 닢을 건네주었다. 빙고, 결국 난 뭔가를 더 얻어낸 것이다.

그렇다. 보스처럼 다재다능하진 않더라도 대한민국의 계약직 역시 만만치 않은 스펙을 쌓은 이들이다. 그리고 어느 날 출근을 했더니 자기 책상에 딴 사람이 앉아 있는 꼴을 보지 않으려고 발버

등을 친다. 휴가철 CEO의 필독서에서 단골로 등장하는 슘페터가 그랬다. 혁신을 주도하는 자와 혁신을 모방하는 자의 차이는 크다고. 그래서 내가 준비한 게 바로 누렇게 변색한 신문인 것. 그리고 임원 면접을 앞두고 자기소개서를 준비하는 입사 지원자처럼 라틴어 대본을 달달 외울 수 있도록 준비한 것이다.

스펙을 쌓기 위해 수많은 공모전을 준비하는 취준생처럼, 프로젝트에 합류하고 나서 이 이벤트를 위해 지금은 폐간된 종교 월간지의 기자를 찾아 나섰다. 물론 1993년에 발행된, 잘 알려지지 않은 잡지사의 기자를 찾는 것은 쉬운 일이 아니었지만 우여곡절 끝에 1812년 강원도에 떨어진 기이한 물체도 파헤쳤는데 이쯤이야 누워서 껌 씹기다.

사실 안 해도 될 고생이었지만, 내가 고생을 자초한 것은 보스의 추천으로 프로젝트에 합류한 후 우리가 1순위로 찍은 예언서의 라틴어 번역을 본부에 의뢰한 날 밤이었다. 지친 몸을 끌고 퇴근해서 침대에 누워 있는데 여자친구의 전화를 받았다. 한참 이 말 저 말 돌리더니, 친구의 청첩장을 받았다는 얘기를 꺼낸다. "부케를 받아달라고 여러 번 권유받았는데 거절했어, 우린 아직 자리 잡지 못했잖아." 여자친구의 목소리에는 우울함이 담겨 있었다. 전화 건너편으로 들려오는 막막함에 난 갑자기 계약직이라는 내 신분이 암담해졌다. 과테말라를 거쳐 왔으며 고대 아즈텍 문자는 물론 '근계'로 시작한다는 라틴어 초청장을 줄줄 읽어 내리는 본부 연구원은 아마도 정규직이겠지. 내가 그런대로 직업 안정성이 있다는 '전화기' 같은 공대 출신도 아니니 어떡하든 기회를 붙잡아야겠다는 생각이 들었다.

비록 경매를 위해 제출하는 예언서를 라틴어로 번역해서 보내자는 아이디어를 냈지만—사실 중학교를 자퇴한 소녀가 대학노트에 끄적거린 글을 예언서라고 우기는 것은 꽤 위험한 일이라는 생각이 들었다. 그리고 1992년 10월 28일 아침에 마지막으로 적힌 예언은 하루 종일 이어진 예배에서 선포되어 신도들의 열광적인 호응을 이끌어냈지만, 불과 24시간도 안 된 그날 자정에 수포로 돌아갔음이 증명됐기 때문에 주최 측에 뭔가 성의를 보여야 한다고 생각했다— 뭔가 결정적인 한 방이 부족해 보였다.

하여 다른 방법으로 직장 상사의 눈에 들어야 겠단 생각을 했다. 1992년 10월 28일 자정의 떠들썩한 소동도 끝나고 이듬해에 본인의 취재 자료를 재단에 넘긴 이 기자를 찾아내면 뭔가 더 나오지 않을까 하는 기대를 품었다. 여러 인맥을 동원했는데 다행히 일이 잘 풀려 지금은 지방의 소도시에서 목회자로 변모한 기자를 찾아낼 수 있었고, 휴거 당일의 마지막 예배를 녹음한 테이프와 그 광란의 밤 이후에 발행된 신문을 얻을 수 있었던 것이다. 보라, 이게 바로 정규직을 꿈꾸는 인턴이나 계약직의 비장의 한 수인 것이다.

취준생의 마음으로 준비한 프레젠테이션으로 얻어낸 고대의 금화는 마음을 기껍게 했다. 정규직 신분증이라도 목에 건 것처럼 마음 든든했다. 건너편 책상에서는 라스푸틴이 우리가 제출한 지난 세기의 광기가 담긴 신문 쪼가리를 펼쳐놓고 마지막 예배에 담긴 광적인 언어의 흐느낌을 듣고 있다. 내가 찾아낸 기자는 이제는 늙수그레해진 표정으로, 4차원에서 흘러나오는 듯한 이 말을 방언기도라고 했다.

그 사이로 연미복들은 우리가 제출한 문서를 정리하고 있다. 마치 언젠가 우리가 파내고 건져 올린 신들의 유물을 단단하게 포장하여 고향을 잃은 인디언들의 이름을 붙인 헬기로 수송하듯이. 용담호혈과도 같은 정보기관의 세계에서 든든하게 판돈을 채운 나는 그런 생각을 하며 보스와 함께 경매장으로 향했다.

제3장
빙의의 시대

1

경매장은 외성 옥상에 위치한 공중정원에 차려
져 있었다. 어느새 밤이 내려앉아 성곽 곳곳에 횃
불이 켜져 있었고, 건너편으론 본성의 첨탑과 함
께 멀리 우리가 건너온 도개교가 보였다. 성벽 가
장자리 쪽으로 경매대로 보이는 무대가 설치돼
있었고 그 앞으로 참가자들을 위한 테이블들이
놓여 있었다. 그리고 곳곳에 석궁을 든 연미복들
이 정자세로 도열한 것이 마치 전설의 바빌로니
아 공중정원과 로마의 콜로세움을 섞어놓은 듯한

분위기가 감돌았다.

소떡소떡 같았던 참가자들은 막 스파르타쿠스의 검투장에 들어온 고대 로마인들처럼 약간씩 흥분에 들떠 적당한 간격으로 흩어져 자리를 잡았다. 각각의 테이블에는 지자체에서 주최하는 결혼 매칭 행사처럼 울긋불긋한 꽃과 와인 잔들이 차려져 있었다. 어느새 참가품의 확인이 모두 끝났는지 연미복 진행요원들 중 나비 가면을 쓴 사내가 무대로 나와 마이크를 잡았다.

"다들 은화를 받으셨겠죠. 지급해 드린 데나리온은 상당한 가치를 지닌 진품이라는 점을 보증합니다. 혹여 오늘의 경매품이 맘에 들지 않으면 은화를 그대로 간직하시기 바랍니다. 어쩌면 경매품보다 그게 더 가치가 있을 수도 있으니까요. 만약 원하신다면 지금 따라드리는 와인을 병당 은화 한 닢으로 바꿔드릴 수도 있습니다. 여러분을 위해 성의껏 준비한 와인은 상당한 빈티지에 속하므로 충분히 수집의 가치가 있음을 보증합니다."

나비 가면은 매칭 행사에서 남녀의 운명적인

만남을 강조하는 사회자처럼 자화자찬을 늘어놓았다. 딴에는 농담을 던져본 것이겠지만 석궁수들을 앞에 두고 웃는 사람은 없었다.

"마지막으로 경매의 원활한 진행을 위해 여러분이 지켜야 할 규칙을 알려드리겠습니다. 우선 본 경매대 앞쪽으로 그어진 붉은 선을 넘지 마세요. 오늘 이벤트를 위해 자원봉사에 나선 우리 조직의 회원들이 제 뒤에 괜히 서 있는 게 아니니까요." 나비 가면이 말하자, 도열한 석궁수들이 일렬로 한 발짝 나서서 시범 사격을 한다. 다다닥 통제선의 원목 바닥에 나란히 꽂히는 화살들이 장난 아니다. 석궁수들이 위세를 과시하고 꽤 가치가 있다는 와인이 잔에 담기는 사이에 나비 가면은 대본에 쓰인 멘트는 모두 던지겠다는 자세로 경매 규칙을 늘어놓았다. 난 벨벳 주머니를 열어 은화를 꺼내 보았다. 고대의 제왕들과 야수들이 양각되어 있는 은화는 모두 50닢이었다. 그리고 내가 받은 금화에는 눈이 왕방울만 한 부엉이가 새겨져 있었고.

옆 테이블의 눈치를 보니 다들 은화를 받은 듯

싶다. 경매에 쓰이는 칩들이 고대의 주화인 걸 미리 알았다면 유럽의 수집상에 들러 한 뭉치 더 챙겨올걸 그랬다. 아니, 저치들이 바보는 아닐 테니 더 그럴싸한 예언서를 찾아왔어야 했나? 참, 그러고 보니 제1순위로 무엇을 쇼핑할지에 대해서는 아직 못 들었다. 어련히 보스가 지침을 받았겠지만……

"자, 지금부터 경매를 시작하겠습니다." 어떡하든 참가자들에게 자신의 재치를 어필하겠다고 결심한 사회자처럼 나비 가면이 경매 스타트를 선포하자 참가자들은 모두 액수를 헤아려보던 주머니를 내려놓고 무대를 주시했다.

"자, 첫 번째 경매품입니다. 경매 제1호 품목은, 애당초 제공해 드린 목록에 의하면 아돌프 히틀러의 친필 서명이 들어간 『나의 투쟁』 초판본과 레니 리펜슈탈의 다큐멘터리 「의지의 승리」 최종 완성본에 삽입되지 못한 촬영 필름 3,250피트 세트였습니다. 아, 물론 필름의 상태는 꽤나 양호합니다. 저희가 준비한 화면을 보시죠."

나비 가면이 수신호를 보내자 건너편 본성의

네모난 성벽으로 커다란 천이 내려졌다. 그리고 우리 뒤쪽에서 뻗어 나온 영사기의 빛이 새하얀 천으로 투사됐다. 마치 언젠가 여자친구랑 간 공연장에서 본 미디어파사드 같았다.

바그너의 음악과 함께 높은 구름 속에서 하강하는 비행기. 수많은 군중 속에서 엄격한 질서로 펄럭이는 독수리 깃발. 박자에 맞춰 행진하는 친위대. 번들거리는 군화들. 한 손을 들어 경례를 하며 기쁨에 벅차올라 눈물을 흘리는 아리안 소년 소녀들. 광적인 신흥종교의 부흥회처럼 타오르는 횃불. 열광하는 군중들 사이로 어린아이를 안고 걸어가는 한 사내.

밤의 고성에서 마치 고대 그리스의 아르키메데스 거울 무기에서 뻗어 나온 듯한 빛줄기는 현대 미술로 각광받는 미디어파사드처럼 지난 세기 한 때를 지배한 인간 현상을 상영했다.

"어떻습니까. 과연 스타워즈를 낳은 문제작이라고 할 수 있지요. 이 정도로도 충분히 수집욕을 자극할 거라 자부하지만, 기왕 멀리서부터 이렇게 모여주신 여러분들의 성의를 보아 화끈하게 보너스를 얹어주겠습니다."

그러자 멀리 나치의 전당대회를 배경으로 한 경매대로 한 줄기 스포트라이트가 비춰졌다. 참가자들은 낯선 침입자를 경계하는 미어캣처럼 나란히 고개를 들어 경매대로 운반되는 카트를 살펴봤다. 이동 카트 상단에는 크리스틸 항아리와 녹슨 필름캔이 놓여 있었다.

"제1호 경매품에 추가로 제공될 것은 1945년 4월 히틀러와 비밀 결혼식을 올린 에바 브라운의 유골입니다. 1945년 5월 베를린에 진주한 소련군이 히틀러의 비밀 벙커에서 획득한 것으로 지난 세기말 소비에트의 붕괴 때 핵과 함께 암시장으로 흘러나온 것이죠. 유골에 대한 보증서로 당시 소련군이 발굴 과정을 기록한 필름 250피트와 여성으로 보이는 뼛조각에서 시안화 화합물이 검출되었다는 소련군 검시의의 소견서를 함께 제공합니다. 자, 경매 시작가는 데나리온 한 닢입니다!"

마감 시간을 앞둔 대형마트에서 '1+1' 특가 세일을 알리는 안내 방송처럼 경매 시작가가 선포되고, 고개를 쳐든 미어캣들이 히틀러 애인의 유골이라는 말에 잠시 충격에 빠져 입을 떡 벌리는 사이에—물론 나 역시 마찬가지였다— 미디어파사드의 흑백 화면은 폭격으로 폐허가 된 건물더미에서 일단의 소련군이 중장비를 동원해 땅을 파헤치는 장면으로 바뀌었다. 그리고 벙커 입구를 발견하고 환호를 지르는 병사들과 바쁘게 그들을 통제하는 붉은 군대의 장교들.

주최 측이 날린 뜻밖의 펀치에 밤의 바빌로니아 공중정원이 소란에 빠지자, 시작할 때부터 재미없는 농담을 던지던 나비 가면은 드디어 비릿한 웃음을 지은 채 한마디를 추가했다. "아, 물론 이 유골함에 비밀 결혼식을 올리자마자 함께 음독자살한 게르만 총통의 것이 섞여 있지 않다고는 장담할 수 없습니다. 뭐 저희 쪽에서도 유골의 모든 조각에 대해 DNA를 검사한 것은 아니니까요."

나비 가면의 득의만만한 웃음으로 경매장은 후끈 달아오른 프라이팬에 떨어진 물방울들처럼 더욱 부산스러워졌다. 구 소련군 검시의가 서명한 문서라면 히틀러의 망령은 게헨나에서 몸을 일으켜, 그를 숭배하는 새로운 광신도를 모을 것이다. 즉, 저 유골이 유출된다면 그 즉시 유럽, 아니 온 세계에 존재하는 네오 나치의 새로운 성배이자 광신도들의 지성소가 될 것임은, 정보기관에 한 발 걸쳐놓은 치들이면 누구나 예측할 수 있다. 설혹 저 유골이 진품이 아니라도 관계없다. 저것이 사실이라고 믿는 치들에 의해 진실이 될 터이니 말이다. 즉, 저것이 풀려나면 유럽의 대도시 한복판에 지나가는 사람 누구나 버튼을 누를 수 있는 핵무기 하나를 툭 던져놓는 결과를 초래할 것이다.

"이건 사기야, 아니 이건 인류에 대한 범죄라고!" 경매장의 모든 참가자들이 웅성거리는 사이에 큰 소리치며 단상으로 달려가다가 주최 측의 쇠뇌 사격 경고를 받은 치들도 있었다. 저렇게 성질 급한 미어캣들이 이스라엘의 모사드 관계자가 분명하다는 데에 내가 보너스로 획득한 부엉이를 걸 수도 있다. 물론 '아닌데? 범죄자들은 바로 니들이야'라고 되받아치는 치들은 중동에서 왔을 테고 말이다.

경매장의 붉은 통제선을 따라 다시 다다닥 바닥에 꽂히는 쇠뇌 소리에 다들 흠칫했지만, 뭐 그런 타격음 정도는 사무실에서 울려 퍼지는 컴퓨터 자판 소리만큼 익숙한지 고개를 숙인 미어캣들은 각 팀의 이해득실을 따지느라 정신이 없었다. 다들 부담 없이 적당한 수준의 스릴을 기대하고 자이로드롭에 올라탔는데 꼭대기에 오르자마자 갑자기 허리를 감싸던 안전바가 풀려버린 느낌을 받은 거다.

"벌써부터 반응이 화끈하네요." 보자기를 구겨 흰 비둘기를 숨긴 후에 '난 귀여운 새가 어디로 날아갔는지 몰라요'라고 의뭉을 떠는 마술사처럼 나비 가면은 양 손바닥을 펼쳐 보이며 경매액을 올려나갔다.

1에서 3, 7, 10, 15, 30으로 고대 은화의 숫자는 계속 올라갔다. 마치 비아그라 급의 희대의 신약 개발을 공시한 제약회사의 주가 같았다. 무조건 묻고 더블을 외치는 도박꾼들처럼 헤브라이인과 그 헤브라이인을 죽도록 미워하는 아랍 세계의 정보부가 첫판부터 가진 모든 걸 판돈으로 올리는 레이스를 펼친 것이다. 나치의 광기가 바그너의 「리엔치」 서곡을 배경으로 장엄하게 펼쳐지는 한밤의 고성에서 두 나라의 요원들은 쇳물이 펄펄 끓는 용광로 위로 외줄을 걸어두고 서로를 향해 마구잡이로 검을 휘두르는 펜싱 선수들 같았다.

당연히 다른 참가자들이 감히 끼어들 분위기도 아니었다. 만약 이런 때 괜스레 누구 한쪽의 편을 들다간 경매 후에 어마무시한 비난을 받을 것 같았다. 환승 이별을 당한 것도 개빡치는데 바람난 연인의 상대가 하필이면 우리들 절친이었다고 부들부들 떠는 친구 앞에서 상대편을 편드는 꼴일 테니 말이다. 난 그런 생각을 하며 지난 세기 희대의 망령이 담겨 있는 유리병을 넋 놓고 바라봤다.

2

급등하는 작전주에 사이드카가 걸리듯이 경매
가 중단된 것은 두 국가에서 털어 넣은 판돈이 정
확히 똑같아지고 서로의 밑천이 바닥난 후였다.
환승 이별을 당한 후에 저놈이 내 애인을 뺏어갔
어, 라는 표정으로 서로를 노려보며 두 팀이 씩씩
대고 있다.

"오호, 경매에 참여하신 두 참가자의 입찰 가격
이 정확히 같아졌습니다. 주최 측의 입장에서 어
느 한편의 손을 들어줄 수도 없고, 이것 참 정말
아쉽네요." 말과는 달리 전혀 아쉽지 않은 표정으
로 나비 가면은 애당초 이렇게 될 줄 알았다는 듯

이 히죽 웃었다.

나비 가면의 조소로 인해 '어라, 양쪽이 가진 판돈이 정확히 똑같다니, 이거 혹시 일부러 노린 거 아닌가?' 하는 웅성거림이 주변 테이블에서 흘러나왔다. 솔직히 제3제국 독재자와 관련된 유물에 안달하고 달려드는 모사드나, 혹은 모사드를 꽤나 미워하는 아랍인의 판돈이 애당초 동일하게 지급되었다는 것은 충분히 의심의 여지가 있다. 손님들이 가득한 카페에서 살벌하게 다투는 환승 이별의 당사자들을 지켜보는 것처럼 모두가 침을 꿀떡 삼키자 나비 가면이 히죽 웃으며 덧붙인다.

"응찰가가 같으니 주화라도 던져 레이스의 최종 승자를 가려야 할까요? 아니면 다음번 경매로 물품을 이월하여 데나리온을 더 마련할 기회를 드릴까요?" 나비 가면이 씩씩대는 두 팀을 보며 판돈으로 제공된 은화 한 닢을 손으로 튕긴다. "아무튼 이런 뜨거운 상황은 저희도 예상치 못했으니 어찌할지 잠시 저희끼리 의논하겠습니다." 나비 가면은 비둘기를 감춘 후에 과장스럽게 사방을 둘러보는 마술사처럼 히죽 웃으며 무대 위에서 우리를 내려다보았다.

경매 물품의 이월이라. 그렇다면, 제3제국의 총통과 단 하루의 결혼 생활을 보내고 함께 자살한 여성의 유골은—아니면 둘 모두의 유골일 수도 있고— 다음 경매에서 다시 볼 수 있다는 것인지. 그러니까 한 시대를 풍미했던 총통의 망령은, 아주 잠깐 게헨나에서 부활해 그 자신이 한때 영토로 지배했을지도 모르는 고성의 벽에 미디어 파사드로 맺혔다가 다시금 미래의 어떤 날로 부활을 유예하는 것인지. 물론 그 사이 이 유골에 대한 소문이 유럽의 극우 정당들에게까지 퍼질지도 모른다. 형식적으론 무승부지만 저쪽에서 똥 씹은 얼굴을 하고 있는 모사드와 달리 중동의 관계자들은 벌써부터 입이 근질근질하다는 듯 희희낙락하고 있으니 말이다. 물론 제3제국 총통의 망령이 영원히 게헨나로 되돌아갈지, 혹은 네오나치의 새로운 성지로 등극할지는 아직까지는 아무도 모르지만 말이다.

"자, 다시 안내해 드리겠습니다. 다음 순서를 기다리는 분들도 많을 것 같고, 그러니 경매의 원활한 진행을 위해서 앞으로 응찰가가 똑같은 물품은 경매 마지막으로 미루고 그때 일괄로 처리하도록 하겠습니다."

이후 나비 가면은 세일즈 미소를 한 채로 의기양양하게 오늘 밤의 경매품을 차례로 소개했다. 마치 미국이 막 식민지 시절을 벗어났을 때 흑인들을 경매대에 세워두고 입을 벌려 튼튼한 이빨을 구경시켜주는 노예 상인이 지을 법한 미소였다. 역시나 제1호 물품처럼 이후의 경매 역시 자주 안전바가 고장 난 자이로드롭처럼 위태로웠다. 즉, 나비 가면은 브로슈어만 믿은 참가자들의 뒤통수를 신나는 셔플댄스 리듬으로 마구마구 쳐댄 것이다.

1661년 북아메리카에서 최초로 간행된 출판물 『우스쿠우테스타멘툼 눌로두문 예수스 크리스트 누포쿼우수에네우문』—존 엘리엇 목사가 앨곤퀸 인디언 족의 언어로 번역해 일명 『엘리엇 성서』로 불린다—이나 18세기 인피본人皮本 박물학 서적—서문에 의하면 속죄의 증거로 자신의 피부를 책의 장정으로 헌사한 사형수의 유언에 따라

제작되었다고 한다―이 평범해 보일 지경이니 말이다. 아, 물론『엘리엇 성서』에는 기괴한 사연의 드림캐처가 보너스로 주어지고, 인피본 박물지에는 잘린 원숭이 팔이―박물지의 본문에 등장하는 원숭이 팔인데, 그걸 높이 치켜들고 외치면 소원을 들어준다는 괴담이 소개되었다― 사은품으로 포함되어 있지만 말이다. 그러나 한밤의 으스스한 고성에 어울릴 법한 이들 경매품은 상당히 상세하고 성의 있는 소개에도 불구하고 응찰자가 없었다. 다들 중간중간 튀어나오는 과거의 망령과 유골과 원한에 관심이 집중된 탓이다.

그러니 이쯤에서 당초 CIA에서 관심을 가지고 있었던 물품의 향방을 먼저 정리해보자. 경매 품목 제3호인 카탈루냐의 성모상 및 영상 테이프 세트에도 주최 측의 보너스―보너스라고 쓰고 셔플댄스 리듬에 맞춰 처맞는 뒤통수라고 이해하도록 하자―가 포함되어 있었다. '1+1'으로 추가 제공된 테이프에 시위를 위해 모인 카탈루냐 사람들을 군인들이 잔혹하게 진압하는 장면이 담겨 있었던 것이다. 특히 성벽에 상영되는 영상을 보아하니 시민들에 대한 조준사격도 있는 것으로 보였다. 나같이 어설픈 계약직이 보기에도 애꿎은 시민들의 선혈이 낭자한 영상이 공개된다면 히틀러 부부의 유골 못지않게 유럽의 정치 지형에—즉, 카탈루냐 분리독립운동에, 그리고 만약에라도 카탈루냐가 분리독립에 성공한다면 이는 전 세계 소수민족의 독립투쟁에 기름을 끼얹을 터이다— 상당한 영향을 줄 것으로 보였다. 예의 브로슈어에 소개된 성모상의 이적은 두 번째 테이프에 담겨 있었다. 주최 측에서는 친절하게도 대량생산된 석고상의 동공에서 피눈물이 흘러내리는 장면을 상영해주었다. 물론 이성적으로 생각해본다면 그 피가 피격의 와중에서 우연히 튄 시위자의 것일 가능성도 있겠지만 어쨌든 지난 세기의 이 기적이 상영될 때 아마도 마드리드와 카탈루냐의 대리인으로 보이는 참가자들 사이에서는 고성과 소란이 있었다.

우리가 낙찰받으면 어떨까나. 난 이 피눈물의 정치학적 해석 못지않게 물리학적 팩트가 궁금했기에 추가로 받은 금화를 만지작거리며 보스의 옆구리를 찌르기도 했다. 아니면 바티칸이라도. 만약 이 자리에 바티칸의 대리인들이 왔다면 말이다. 미합중국의 혈맹이라고는 할 수 없지만 정치적으로 그럭저럭 무해한 바티칸 역시 신성한 유물들에 꽤나 관심이 있었을 테니까. 물론 바티칸의 수장고로 들어가면 아마도 파티마의 세 번째 예언처럼 영영 기밀로 유지될 가능성이 높겠지만 여하튼 지구상의 누군가가 기적을 물리학적으로 분석할 가능성이 있다는 것은 살짝 위안이 되는 일이었다.

히틀러의 유골 못지않은 소동은 물품 번호 제8호인 왕펑의 유품 세트에서도 있었다. 경매가 시작되고 성벽 화면으로 왕펑의 유품이 비쳤는데, 간자체로 기록된 수첩의 주요 내용이 『킹 제임스 성경』에나 쓰일 법한 고전적인 영문으로 번역되어 자막으로 소개됐다. 그리고 유골과 함께 왕펑의 호주머니에서 발견된 롤필름 한 통이 현상된 사진 뭉치와 함께 경매대에 올랐다. 이번에도 주최 측의 보너스가 제공된 것이다. 톈안먼광장에서 자유롭게 구호를 외치는 시민들, 열의를 가지고 대자보를 붙이는 어린 학생들, 무장을 해제하고 시민들 편에 선 공안들과 악수를 하고 있는 시위대들. 그러나 현상된 필름의 후반부는 초점이 날아간 채로 피에 젖어 있었다. 매캐한 최루탄, 뒷머리 한쪽이 날아간 상태로 동료의 품에 안겨 있는 남자, 군인들에게 끌려가는 시위대, 포승에 묶인 채로 피에 젖어 나뒹구는 시신들.

이 경매에서 소동을 일으킨 당사자는 당연히 중국인들이었는데, 여기에 어느덧 G2로 급성장한 중국에 잽을 먹이려는 다른 국가들이 눈치 싸움을 벌이며 결국 성모 석고상과 마찬가지로 무승부를 냈다.

참, 미합중국 역사상 유일하게 황제를 자처했던 미치광이의 유언장도 거론하긴 해야겠다. 유언장에는 미합중국 서남부에서 발생한, 인디언과 멕시코인의 학살극에 대한 이런저런 증거들이 추가로 제공됐으니 말이다. 뭐 그렇다고 해도 지난 세기의 원한들에 비하면 시효가 많이 지나긴 했다. 그래서인지 보스는 유언장을 패스했다. 유골들을 위해 일단 후순위로 미룬 것일까.

"여러분들의 성원이 어찌나 뜨거운지 꽤 여러 물품의 승부가 미뤄졌군요. 자, 그러면 잠시 현명한 판단을 위해 마음의 준비를 할 시간을 드리고 이후에 미뤄진 경매품을 처리하겠습니다." 휴식이 선언되고 주최 측은 잠시 퇴장을 했다. 월드컵에 비유한다면 경기 전후반전 게임에서 열띤 경쟁을 벌였지만 결국 무승부를 이룬 셈이다. 하여 잠시 휴정을 하는 사이, 경매장은 연장전을 준비하는 경기장처럼 부산스러워졌다.

"이럴 수가 있습니까! 방금 아랍 놈들이 히틀러의 뼛조각 낙찰을 포기하는 조건으로 예루살렘 통곡의 벽 절반을 자기네한테 넘기라고 요구했습니다. 가만두면 안 되겠어요." 모사드 요원은 분개하며 "혹시 오실 때 랭글리에서 지침 못 받으셨어요? 웬만하면 우리 쪽 편을 들어달라고 했을 텐데." 하고 슬쩍 눈치를 본다. 아마도 잠시 후의 승부차기를 위해 판돈을 빌리려는 요량이겠지.

모사드 요원이 분기탱천하며 자기네 편을 들어줄 다른 참가자를 찾아 물러서자 이번에는 아랍

인들이 다가와 눈에 흙이 들어가도 유대인들 도
와주는 꼴은 보지 못하겠다고 반협박을 한다. 피
곤한 한 쌍이 사라지자 이번에는 중국 측 요원이
접근했다. 얘긴즉슨, 나중에 돈이 남으면 미합중
국 황제의 유언장 인수에 도움을 줄 테니 먼저 판
돈을 빌려달라는 제안이었다. "그건 좀 아닌 것
같은데. 우리에게 도움을 주겠다면 오히려 판돈
을 빌려줘야지 왜 빌려 가겠다는 건데?" 지나가
는 초등학생이 들어도 논리적으로 허점이 많은
제안이었기에 중국인들은 얼굴을 붉히며 만약 일
이 자기네 뜻대로 되지 않는다면 나중에 무시무
시한 무역 보복을 하겠다고 협박을 했다. 그 와중
에 일본인도 판돈을 빌리는 데에 관심을 갖고 있
다고 고백해 온다. 우리 팀, 10분 사이에 몇 번의
대시를 받는 거야. 이렇게 인기를 구가하는 곳이
대학생 시절의 주말 홍대 클럽이라면 한껏 신이
나겠지만, 분위기 묘한 상황에서 함부로 편을 들
었다간 양쪽 모두에게서 뺨을 맞게 되니 몸조심
이나 해야 할 참이다.

그나저나 걱정이다. 미합중국 및 CIA의 대리인

으로 온 우리들은 누구의 편에 서야 하며, 또 무엇을 건져야 한단 말인가. 아무래도 미합중국 황제의 유언장에 배팅해야 하나. 경매 중간에 보스가 내 옆구리를 찔러 도대체 정체를 알 수 없는 사전 세트 하나를 낙찰받아 가방에 넣어둔 것 빼곤 말이다. 조바심이 난 나는 총탄으로 찌그러진 알루미늄 가방을 두드리며 미국 황제의 유언장이라도 입수해야 하지 않냐고 물어보았다.

"물론 황제의 유언장도 나쁘진 않지. 미합중국이 남서부 지방의 영토를 합병하느라 전쟁을 벌일 때 토착민에 대한 학살 증거가 꽤나 뚜렷하니까. 아마도 공개되면 히스패닉 선거권자를 꽤 자극할 수 있고 멕시코인들의 월경에 기름을 부을 수도 있겠지. 그치만 미스터 조, 사전을 사고 남은 데나리온은 모두 딴 팀에 나눠줬어. 방금 전 찾아온 치들에게 말이야. 경매에 참가하기 전에 이미 본부에서 그렇게 하기로 지침을 내렸거든. 그러니 우린 이제 빈털터리라고." 보스는 이미 텅비어 있는 벨벳 주머니를 열어 보인다. 황당해하는 나에게 보스가 귓속말을 한다. "그렇긴 하지만 원래 계획했던 물품은 이미 획득했어. 조가 들고 있는 그 가방 안에. 맞아, 우리가 점찍어둔 물품은 바로 외계인의 사전이라고."

3

마이스터 X의 정중한 초청장을 받고 나서 CIA
는 한동안 고심을 했다. 모처럼 캠핑을 나왔는데
텐트 안에 산모기들이 즐비하다면 어느 놈부터
후려쳐야 기분이 덜 나쁠까, 라는 종류의 고민이
었다. 아니면 런치로 싸온 샌드위치에서 바퀴벌
레를 발견하는 기분이랄까. 놈들이 팔뚝을 깨물
면 마구마구 신경질이 나지만 생존에는 전혀 지
장이 없는 수준의 곤란함이라는 뜻이다. 물론 생
명에는 지장이 없지만, 그렇다고 넋 놓고 앉아 있
다가 팔뚝을 물리거나 혹은 샌드위치 사이에서
놈들을 마주칠 수는 없는 일.

하여 경매가 열린다는 유럽의 고성을 덮쳐 판을 뒤엎고 판돈을 모두 거둬들이는 선택지부터 직접 선수로 뛰기보다는 덕다운의 코치로 한 발 물러서 동맹국들의 정보기관에 훈수나 두면서 인심이나 써두자는 안까지 모두 검토되었다. 물론 가급적 카탈루냐의 성모상이나 왕평의 유품만큼은 동맹국이 차지하게 도와야겠다는 정도가 CIA의 작은 소망이었다.

사실 미합중국이 나서면 동네 일진이 아이들 코 묻은 돈을 뺏듯이 동맹국들의 판돈을 걸어 왕평의 유품 같은 걸 차지할 수도 있겠지만, 그런 건 입수하는 순간 이미 쓸모없는 카드가 된다는 게 첩보 세계에서 오래 굴러먹은 CIA의 노련한 결론이었다. 즉, 톈안먼사건을 당사자인 중국 앞에서 직접 까는 행위는 애인과 다퉜다고 우연히 보게 된 애인의 성형 전 사진을 들먹이는 것만큼이나 어리석은 행위라고 본 것이다. 사실 중국에는 몇 가지 역린이 있는데, 톈안먼이나 파룬궁사건, 혹은 티베트나 위구르인에 대한 탄압 같은 것이 그렇다. 그리고 상대의 역린은 건드리는 순간

너 죽고 나 죽자가 되는 꼴이니 가급적 신중해야 할 사안이란 말이다.

하지만 소문난 잔치에 가서 빈손으로 올 수는 없는 법. 도대체 뭘 가져오면 잘 챙겼다고 동네방네 소문이 날까를 생각해보다가, 이번만큼은 동맹국들에게 판돈을 양보하기로 결정을 내렸다. 훈수나 두면서 인심이나 써두자는 안이 최종적으로 선택된 것이다. 순순히 중국 쪽에 유품을 양보할 만큼 만만해 보여선 안 된다는 것이 CIA의 속셈이었기에 동맹국들에게 판돈의 이자를 받기로 한 것이다. 즉, 동맹국들을 앞세워 낙찰을 받되, 문제가 될 만한 물품은 공유하자는 조건이 그것이다. 얘긴즉슨 형식적으론 양보의 미덕을 발휘하지만 내심 모두를 독차지하겠다는 놀부 심보가 속마음이었던 것이다. 일단 동맹국 호주머니에 협상 카드로 넣어두면, 언제든 필요할 때 잘 구슬려 꺼내 쓸 수 있다는 게 세계 최강대국의 비용편익분석이니 말이다.

말이 나왔으니 하는 얘기지만 솔직히 CIA가 자신의 호주머니와 동맹국의 호주머니를 언제 구분이나 했던가. 요새 유행하는 말로 하자면 '요즘 따라 내 거인 듯, 내 거 아닌, 내 거 같은 너'라는 것이 동맹국 호주머니를 대하는 CIA의 소유권 개념인 것이다.

"그래서 남은 은화들은 아까 찾아온 팀들에게 모두 분배했어. 물론 중국인은 예외지만 말이야. 웃긴 건 랭글리의 지시대로 유대인과 아랍인에게 똑같은 금액을 줬다는 거야. 그러니 주긴 줬지만 안 준 것과 똑같이 돼버렸지. 결국 판돈은 같아졌을 테니까."

CIA는 그렇게 결정하긴 했지만 한 가지 신경 쓰이는 게 있었다. 바로 러시아의 정보부 FSB가 경매 물품 제13호에 눈독을 들이고 있다는 정보 때문이었다. 러시아 관계 기관에 잠입한 휴민트로부터 첩보를 받는 순간, 왜 FSB가 이딴 잡동사니에 눈독을 들이는지 다각도로 분석을 했다. 아이비리그 출신의 영민한 분석관들이 몇 가지 가설을 세웠지만 그럴듯한 결론은 없었다. 그럼에도 불구하고 CIA에서는 이 물건만큼은 차지하기로 결심했다.

"판돈은 다른 치들에게 나눠주라고. 단, 제13호를 획득하고 남은 잔돈들만." 도대체 의도를 몰라 적성국 놈들의 기이한 짓거리를 방관하다가 나치 V로켓이나 소비에트의 스푸트니크 위성 같은 첨단 무기에 된통 당한 이후에 생겨난 미합중국의 트라우마 때문이다. 보스는 소곤거리며 나에게 경과를 일러줬다. 난 그제야 보스가 내 옆구리를 찔러 응찰하게 만든 물품을 알루미늄 가방에서 꺼내 보았다.

경매 품목 제13호. 〈클링온어 사전 및 자료집 세트〉. 1985년에 출간된 클링온어 사전 초판본 원고 및 클링온어와 관련된 자료집 세트. 클링온어란 SF 드라마 '스타트렉' 시리즈에 등장하는 외계인 클링온인의 언어. 제작사의 의뢰를 받은 언어학자들이 드라마에 등장하는 문법과 어휘를 체계화하여 사전으로 편찬함. 클링온어 창안에 관련된 비망록 및 세계 각국의 팬들이 클링온어로 적은 문학작품 포함.

사전을 펼쳐보니 클링온어 철자들이 보였는데, 마치 판타지 영화에 단골로 등장하는 고대 유럽의 룬문자처럼 보였다. 그리고 팬들이 열광적인 팬심으로 적었다는 문학작품들. 반나절 전만해도 총탄을 피하며 소변기 앞을 뒹굴었는데 이렇게 밤의 고성에서 외계인의 언어로 쓴 셰익스피어를 들춰 보고 있자니 기분이 묘했다. 사실 이 외계어 사전 세트로 말하자면 역시나 러시아 쪽과 약간의 경쟁을 벌인 후 확보할 수 있었다. 시작가는 데나리온 한 닢이었지만, 은화 다섯 개까지 가격이 올라가자 러시아 쪽은 깨끗하게 손을 털었다.

"미스터 조가 무슨 생각하고 있는지 알아. 오늘 경매는 첫 번째 품목부터 의외의 것이 나와 정신을 못 차렸지만, 에바 브라운의 유골이 아니더라도 당연히 정치적인 관점에서는 카탈루냐의 성모상이나 왕평의 유품을 선택해야겠지. 스스로를 미합중국 황제로 자처한 미치광이의 유언장 같은 건 타블로이드판 옐로페이퍼에서나 관심을 가질 테니 차치하고라도 서지학적으로 보더라도 앨곤퀸 인디언어로 적힌 『엘리엇 성서』가 더 나을거야. 존 엘리엇 목사야말로 그 명성이 유럽까지

전해져 신대륙의 아우구스티누스이자 인디언들의 사도로 칭송을 받았으니까. 그런데『엘리엇 성서』는 미국의 유수한 도서관에도 이미 여러 부가 있어. 그러니 굳이 기왕의 컬렉션에 하나 더 카운팅을 할 필요는 없을 거라고 본부는 판단했어."

그러면서 보스는 물을 적셔 테이블 위로 기괴한 클링온어 문장을 적어 내려갔다. '클링온어로 번역된 셰익스피어를 모른다면 셰익스피어에 대해 제대로 알지 못하는 것이다'라는 뜻이라고 했다. 그러더니 보스는 서브 컬처에 대한 얘기를 꺼냈다. CIA가 러시아의 의도에 대해 고민한 것들, 즉 누군가가 이 외계인의 언어에 관심이 있다면 그 이유는 무엇인가에 대해 연구한 것들. "미스터 조, 서브 컬처의 주인공들을 둘러싼 산업의 규모가 얼마나 되는지 알아?"

보스에 의하면, 몇 년 전 DIA가 워싱턴의 싱크 탱크에 의뢰하여 서브 컬처에 등장하는 각종 캐릭터─외계인과 좀비, 마블 코믹스의 히어로와 고스트 헌터 같은─의 심리학적 기제와 관련 산업의 경제적 규모, 그리고 미래 전망을 조사한 적이 있다고 한다. "조사에 의하면 서브 컬처를 둘러싼 문화산업의 규모는 곡물산업 이상의 비중을 차지하고 있다고 하지. 그러고 보면 미합중국 경제계의 일부분을 좀비와 뱀파이어, 그리고 마블 히어로들이 먹여 살리고 있다고 봐야 하지."

보스의 말에 의하면 서브 컬처의 주인공들의 고향은 다양하다. 유럽에서 건너온 뱀파이어와 아이티가 고향인 좀비 같은 요괴들이 국경을 넘어 미합중국의 대중문화로 흡수되어 일용할 양식을 주는 곡물산업 못지않은, 이 나라를 지탱하는 경제의 한 축이 된 것이다. "미국의 전략 자산으로는 핵추진 항공모함과 스텔스 전폭기 같은 무기도 있지만 이런 서브 컬처의 주인공들도 못지않은 자산인 거야. DIA와 같은 기관에서 서브 컬처의 주인공들이 미국의 국익에 끼치는 영향을 조사하는 이유이지." 보스는 클링온어로 이런저런 단어를 쓰며 말한다.

"생각해보면 미합중국은 언제나 새로운 언어를 실험했어. 초판이 대서양을 건너 명사들에게 증정되었으나 유럽의 누구도 읽지 못한 앨곤퀸 족의 언어처럼 어떤 건 실패하고, 뉴올리언스에서 시작된 재즈처럼 어떤 것은 세계적으로 히트를 치고 있지. 그러니 지난 세기의 유골은 간절히 원하는 다른 이들에게 맡겨두고 우리는 클링온어로 창작된 작품집을 살펴보자고. 이거야말로 온 우주에서 유일하게 우리 품에 있는 언어니까."

난 보스의 소곤거림을 들으며 클링온어 사전과 자료집을 펼쳐보았다. 머리에 불룩불룩 커다랗게 혹이 난 이 외계인들의 언어가 실패한 앨곤퀸어와 달리 과연 좀비처럼 대단한 위세를 떨치게 될까.

"어때 미스터 조, 내 설명이 그럴듯해? 본부에는 경매 품목 제13호에 대해 고민하면서 대략 이런 결론을 내렸는데 설득력이 있는지 모르겠다."

"이를테면 홈비디오 카메라에 담긴 저 성모상의 기적은 시위 현장에서 튄 시민의 핏방울이 묻은 거라고 해석할 수 있는 것처럼 말이죠?"

"맞아. 예전에 나한테 물은 적이 있었지? 가끔 진짜가 있냐고. 맞아, 난 클링온어에 포함된 문헌에 뭔가 흥미로운 게 있을 거라고 기대했어. 그래서 여기에 오기 전부터 클링온어를 고안한 스토리 작가의—아마도 '스타트렉' 시리즈에서 클링온어를 맨 처음 소재로 쓴 오리지널 스토리 작가겠지만— 비망록에 무엇이 적혀 있을지 궁금했어. 아쉽게도 아까 경매 물품 소개할 때 비망록에 별것 없다는 것은 알았지만 말이야. 그래도 혹시나 해서 낙찰받자마자 비망록부터 살펴봤지. 하지만 안타깝게도 우리가 낙찰받은 비망록은 뒷부분이 뜯겨 있었지." 그렇게 말한 보스는 내 눈을 잠깐 들여다보고 덧붙였다.

"그래, 본부에서 브로슈어를 전달받을 때부터 난 진짜일 가능성을 생각해봤지. 사실 저 러시아인들도 어느 정도 비밀을 알고 있으니 이 문헌에 눈독을 들인 게 아닐까. 물론 경매 물품 소개 때 비망록이 빈껍데기인 걸 보고 판돈을 거둬들였을 테지만. '스타트렉'의 스토리 작가가 어떤 프로세스로 클링온어를 고안했는지 알아낸다면 꽤나 흥미진진한 일이 벌어질 텐데." 그러더니 입을 아주 가까이 대고 속삭인다. "그리고 이 클링온어는…… 미스터 조와도 관계가 있는 거야. 잘 생각해보라고."

4

우리가 외계인의 언어에 대해 얘기하는 사이에 다시 진행된 경매는 여전히 소란스러웠다. 연장전의 첫 물품으로 역시나 히틀러 애인의 유골이 등장했지만, 또다시 유대인과 아랍인의 배팅액이 동일해진 것이다. 하긴 우리가 나누어준 은화의 수량이 동일했고, 다른 참가자들의 기부 역시 같은 원리로 이루어졌을 테니 이해가 안 가는 것도 아니다.

쉬는 시간에 분명히 충분한 판돈을 빌렸다고 자신했는데 다시금 이루어진 동률에 두 팀은 분노했다. 자기편이라고 믿었는데 상대방에게도 판돈을 빌려준 참가자들이 있는 걸 알았으니 말이다. 경매장의 이합집산을 보니 선거를 앞둔 메이저 정당에서 서로가 서로의 뒤통수를 치는 후보자 공천을 보는 것 같다. 심지어 같은 계파 내에서도 평소 웃고 떠들던 정치적 동지의 뒤통수를 친다.

"오호, 죄송스럽게도 경매가 다시 중단됐네요. 본의 아니게 경매가 순탄하게 진행되지 못한 점에 대해 사과 말씀 드립니다. 그치만 실망한 것은 여러분뿐만이 아닙니다. 솔직히 말하자면, 저희도 그렇다는 말입니다!" 나비 가면이 실망했다고 외칠 때, 성벽에 도열한 석궁수들이 몇 걸음 앞으로 나와 쇠뇌로 경매장을 겨눈다. 이거 어쩌나, 점점 분위기가 더 험악해진다.

"입장할 때 통신기기를 맡겨달라고 부탁했음에도 불구하고 휴정 시간에 몰래 외부와 연락을 한 참가자들이 계시더군요. 이건 저 역시 고용주를 모시는 조직원으로서 이해가 안 가는 것도 아니고 사전에 통제하지 못한 저희 쪽 귀책사유도 있으니 일단 넘어가겠습니다." 나비 가면이 낮게 으

르렁대며 몇 팀을 노려본다.

"그렇지만 이 자리에 참석하신 고객 중 일부의 불순한 의도는 저희를 정말 실망시켰으니 레드카드를 주지 않을 수가 없겠군요." 나비 가면의 말이 끝나자 성벽의 화면으로 손발이 묶인 사내들이 부상을 입은 채로 줄줄이 엮여 있는 모습이 비쳤다. 장소를 보아하니 고성으로 오면서 텔레토비와 레이스를 펼쳤던 계곡 같은데, 주변으로 연기가 피어오르는 차량에 각종 총기와 중형 화기들이 널려 있다. 베레모에 계급장도 없는 군복을 입은 모습이 영락없이 특수전 부대원이나 PMC 소속의 용병들 같다.

"꽤 떨어진 곳에서부터 이곳으로 살금살금 침투하고 있더군요. 총기를 휴대한 채로 야밤에 사유지를 침범했으니 길 잃은 관광객은 아니겠죠. 순진한 관광객이라면 잘 지워지지도 않는 위장 크림을 바르고 적외선 고글을 착용하진 않을 테니까요. 뭐 저희들과 시가전이라도 하려고 불러들인 겁니까? 사전에 초청장과 함께 정중하게 부탁드렸을 텐데요, 미리 명단을 제출하는 두 명으로 참석 인원을 제한한다고요. 이래 봬도 여러분이 계신 이곳은 2차 대전의 폭격 속에서도 살아남은 유적인데, 성벽에 알라의 요술봉이라도 후려칠 생각이었나요?" 화면이 바닥에 떨어진 RPG-7—중동에서 알라의 요술봉으로 알려진—을 비추자, 석궁수 몇 명이 테이블 한 곳으로 몰려가 자리에 앉은 치들을 끌어낸다. 화면이 RPG-7을 비춘 순간 이미 낌새를 챈 치들이 가방에서 뭔가를 꺼내려다 제압을 당한다. 아까 다시 무승부가 되자 똥 씹은 얼굴을 하던 모사드 치들이다. 성벽의 화면이 두어 번 더 다른 장소에서 제압된 용병들을 비추자 끌려 나가는 팀들이 더 생겼다. 그들의 소지품에서 꽤나 정교하게 위장된 통신장치와 플라스틱 폭탄들이 발견됐다. 과연 스파이들답게 창의성의 한계에 도전하는 소지품이었다. 그리고 나비 가면은 초등학생과 게임 배틀을 하는 프로게이머처럼 능숙하게 스파이들의 창의성에 펀치를 날린다.

"불청객들을 초대하려는 참가자들에게 레드카드를 드렸으니 이쯤에서 경매의 규칙을 바꾸겠습니다." 나비 가면이 의기양양하게 분위기를 잡는 사이에 유대인과 아랍인, 유럽인과 아시아인들이 성벽 가장자리에 세워지고 남은 이들은 침을 꼴깍 삼켰다. 꽁꽁 묶여 볼링핀처럼 성벽에 세워진 치들은 마치 마약을 밀수하려다 공항 검색대에서 걸린 재벌 3세 같았다. 겉으론 잘못을 뉘우치는 제스처를 취하지만 속으론 아빠의 부하들이 얼른 나를 꺼내주겠지 하는 기대를 품고 있는 것 같았다.

"우리로서는 심혈을 기울인 이벤트였는데 이거 정말 섭섭합니다. 사실 저희는 오늘 경매의 참가품에 꽤나 기대를 했습니다. 사전에 정중하게 요청드렸기에 여러분들도 응당 짐작하셨다시피, 그동안 저희는 모종의 사명감으로 모든 시대의 예언서들을 수집해오고 있었지요. 즉, 고서적 업계의 비웃음을 무릅쓰고 이런저런 이페머러를 모아왔던 것입니다. 물론 뒤에서 저희를 호구로 비웃는 업계의 상술을 모르는 것은 아니지만, 앞장서 진리를 추적하는 길은 언제나 가시밭길인 셈이지요. 아무렴, 선지자들은 광야에서 모래 섞인 석청을 핥으며 미래에 대한 환상을 기록했으니까요. 어쨌거나 이번에 들어온 예언서 중에 꽤나 흡족한 게 있었지만 아무리 궁리해도 저희의 부족한 식견으로는 도저히 해석이 안 되는 부분이 있더란 말이죠." 나비 가면의 말과 동시에 성벽 화면으로 참가품으로 제출된 예언서들이 참석자의 사진과 함께 등장했다.

"그래서 여러분들께 제안하고자 합니다. 새로운 도전자를 모십니다. 물론 상품들이 걸려 있죠. 도전에 성공하시는 참가자에게는 이에 대한 보상으로 오늘 유찰된 경매품을 전리품으로 제공하겠습니다." 서바이벌 오디션 프로그램의 사회자처럼 나비 가면이 선언하자 어느새 옮겼는지, 지난 세기의 유골과 유품들이 본성의 스크린 위쪽으로 등장했다.

"아, 잠깐. 생각해보니 저 위에 놓인 지난 세기의 유골들에 흥미를 느끼지 못하는 참가자도 계시겠네요. 그러니 아까 경매에서 저희의 착오로 미처 사은품으로 올리지 못한 물품을 얹어 드리겠습니다." 나비 가면은 전혀 착오를 일으키지 않았다는 표정으로 보너스를 말한다. 미녀를 가둔 상자 곳곳을 번쩍번쩍 빛나는 칼로 마구 찌르면서도 제가 잔인한 게 아니라 원래 대본이 그렇습니다, 라고 과장스레 연기하는 마술사의 표정 같다. 그리고 유골들 사이로 새로운 사은품이 등장했다.

경매 품목 제13-1호. 〈스타트렉의 '신들의 핸드백' 비망록〉 '스타트렉' 시리즈에서 최초로 클링온어를 창안한 스토리 작가의 비망록. '신들의 핸드백'이란 고대 세계의 부조浮彫에 시공을 초월하여 동일한 테마로 등장하는 가방 형태의 오브제. '스타트렉' 정규 시리즈에서 최초로 클링온어 아이디어를 낸 작가의 비망록은 '신들의 핸드백'이란 제목으로, 젊은 시절 저자가 남미에서 목도한 신들의 유물에 대한 정보가 포함됨.

이럴 수가. 오늘 밤 러시아와 작은 신경전 끝에 우리가 획득했으나 알맹이는 빠져버린 바로 그 품목이었다. 성벽의 화면으로 수메르의 신들로부터 지구 반대편의 메소아메리카의 신들에 이르기까지 고대의 위대한 존재들의 부조가 차례로 등장했다. 물고기 머리를 한 신, 독수리 깃털을 단 신, 뱀을 거느린 신들이 손에 동일하게 생긴 가방을 들고 고성의 성벽에 시공간을 초월하여 현현했다. 이게 바로 '신들의 핸드백'이란 말이지.

"비망록의 내용을 소개하자면 젊은 시절 히피 생활을 하던 작가는 남미로 떠나게 됩니다. 그리고 신들의 유적에서 핸드백을 열고 기이한 글자를 보게 되지요. 뭐 저희로서는 약에 취해 끄적인 것으로 보입니다만 다르게 받아들일 분들도 있으시겠죠. 여하튼 환각 속에서 어떤 존재를 만나고 그때 본 기억을 더듬어 클링온어를 창안했다고 하지요. 횡설수설이긴 하지만 신들의 핸드백을 여는 방법도 비망록에 적혀 있는 것 같습니다. 혹시 관심이 있는 분들이 계시더라도 이걸 재현하는 기쁨은 승리자의 몫으로 남겨두도록 하겠습니다!" 미치광이 황제의 유언장도 무시하고 히틀러 애인의 유골에도 침착하던 보스가 이제야 입을 벌리고 있는 걸 발견한 나비 가면이 덧붙인다.

"이제야 본 경매에 진지하게 임하는 분들이 계셔서 꽤 흡족하네요. 아깐 제가 좀 서운했거든요." 나비 가면은 학창 시절 학원에서 신나게 선행 학습을 하고 정작 학교에서는 잠만 자는 학생을 째려보는 선생님의 눈빛으로 서운하다고 한다. 이거, 왠지 보스를 저격하는 말 같은데.

어쨌거나 본성의 스크린 위에는 지난 세기의 유골들과 신들의 핸드백으로 향하는 보물 지도가 놓여 있었다. 그리고 경품들이 놓인 내성의 스크린 위쪽에서 이쪽 성벽으로 긴 널빤지 다리가 도개교처럼 내려져 경매장으로 연결됐다.

"이 정도 상품이면 다들 의욕이 생기지 않나요? 자, 이제 세 가지 시험을 거쳐 다리를 건너 저편으로 가면 됩니다. 단, 도전자들은 금화 한 닢씩을 내야 합니다. 참 간단하죠?" 금화의 소유자로 도전자의 자격을 제한하는 나비 가면의 말에 경매장은 다시 소란스러워졌다. "이런 걸 경매업계에서는 즉시 낙찰이라고 부르던가요? 즉, 여러분 중 누군가에게 승자가 되어 모든 걸 움켜쥘 기회를 주겠단 겁니다!"

밤의 고성으로 울려 퍼지는 나비 가면의 선포는, 이제 연장전도 추가 득점 없이 끝났으니 최종

승부차기로 모든 걸 결정하겠다는 심판의 휘슬처럼 들렸다. 그리고 경기 내내 죽도록 필드를 뛴 선수들 중에 승부차기에 선발되는 이들은 미네르바 부엉이의 소유자들이다. 고대의 금화를 가진 이들은 몇 명이나 될까? 나 같은 계약직도 아닐 텐데, 과연 어떤 간절함이 있어 그럴싸한 계획을 세운 후에 더 그럴싸한 계획도 짜냈던 것일까?

"어떻습니까? 동전 던지기보다 더 화끈하죠? 참고로 다리로 놓인 널빤지의 폭은 2큐빗에, 전체 길이는 약 60큐빗 정도 되는 거리입니다. 고대의 도량형에 익숙지 않은 분들을 위해 설명드리자면 1큐빗은 여러분 팔꿈치에서 중지 끝까지의 길이로 보시면 됩니다."

난 내 팔을 접어 팔목에서 중지까지의 길이를 가늠해봤다. 2큐빗이면 1미터는 되겠다. 다들 생각은 비슷했는지 미어캣처럼 고개를 내밀고 다리를 가늠하면서 누가 금화를 가지고 있는지도 둘러본다. 에게, 겨우 두 명이다. 그리고 나한테도 금화가 있으니 도전에 나설 자격이 있다고 우기는 모사드까지 합쳐 모두 셋. 아무래도 보스보다는 아직 계란 한 판 나이의 젊은 내가 낫겠지.
난 자의 반 타의 반으로 최종 임원 면접장에 들어서는 취준생처럼 습관적으로 슈트를 가다듬으며 무대에 올랐다. 그리고 심호흡을 하고 '난 할 수 있어'라고 마인드 컨트롤을 하며 다리를 노려보았다. 그러자 이거 담력만 있으면 할 만하겠는데, 라는 생각이 든다. 어떡하든 튀어보려고 스펙으로 번지점프지도사 자격증을 따고 해병대 훈련 캠프의 진탕을 구르며 담력을 키운 보람이 있다. 이렇게 잘 써먹을 줄 어떻게 알았나. 난 그런 생각을 하며 밤바람에 더러워진 슈트가 펄럭이는 난간에 섰다.

"다들 자신 있다는 눈빛이군요. 그렇지만 시작 전에 시험에 대한 안내는 받으셔야겠죠. 여러분이 내신 미네르바 금화에 맞게 시험은 고대의 지혜에서 빌려왔습니다. 자, 여러분 이제—"

나비 가면의 말과 동시에 경매장 옆 망루 위로 스포트라이트가 비춘다. 예의 그 라스푸틴이 망루 위에 마치 고대의 신들처럼 서 있다. 사회자의 '여러분 이제'란 말과 동시에 라스푸틴이 입에 거품을 물더니 눈을 까뒤집었다. 라스푸틴의 양옆에 있던 연미복 둘이 사제의 팔을 붙잡았다. 동공이 뒤로 넘어가고 흰자위만 보이는 것이 마치 아테네인들이 조각한 대리석 조상彫像의 백안白眼 같았다. 나비 가면이 외친다. "—이 성의 주인이자 오늘 이벤트의 주관자이신 마이스터 X를 소개하겠습니다!"

제4장
승천하는 청춘

1

밤의 성루에서 눈을 까뒤집고 백안이 된 라스
푸틴은, 복화술사처럼 입을 다문 채로, 마치 지저
에서 끓어오르는 듯한 목소리를 냈다. 복식호흡
으로 대사를 읊는 오페라 가수들처럼 그 언어를
양팔을 잡은 연미복들이 되받아 낭송했다. 마치
셰익스피어의 어떤 희곡 서두에서 주인공의 운명
을 선포하는 세 마녀 같았다.

"너무 흔하게 쓰여 본래의 고귀한 뜻이 무뎌
진 말들이 있도다. 이를테면 별이나 물, 젖이나

꿀. 1000일을 동굴에 갇혔다가 올려다본 밤이어야 별은 별로 동공에 떨어질지니. 나흘을 광야에서 헤매다가 한 움큼 혀로 핥아야 물은 물로 육신에 스며들지니. 그런즉 천 일의 동굴이 없기에 이 밤의 별은 별이 아니오, 광야를 헤매지 않기에 이 밤의 물은 물이 아니도다. 그대 자신의 손으로 짜지 않은 젖은 젖이 아니오, 스스로 벌에 쏘이지 않은 꿀은 꿀이 아니도다."

수어를 버리고 갑자기 이 괴상야릇한 단체의 수장으로 변모한 저치가 바로 CIA 담당관을 야근시켰던 마이스터 X란 말이지. 저런 게 바로 이중 인격 혹은 연극성 해리장애란 건가? 그런 의문을 품고 무대를 보고 있는데, 주최 측에서는 계속 분위기를 잡는다.

"너무 흔하게 쓰여 고귀한 뜻이 흐려진 말 중에 예언이 있도다. 예언이란 무엇이뇨!" 라스푸틴이 외치자 나비 가면과 연미복들과 석궁수들이 화답하여 외친다.

"미래의 북녘 강에서,

나는 그물을 내던진다.
네가 머뭇거리며
돌로 쓴
그림자를 담은 그물을." *

헐, 갑자기 경매장의 장르가 슬랩스틱 스파이
물에서 오컬트 오페라로 바뀐다. 예언서를 수집
하던 이자들이 정말로 사이비 광신도들이었던가.

"그러니 선택된 자여, 시험하라! 독사doxa, 너
의 미궁을 시험하라! 에피스테메episteme, 너의
시대를 시험하라! 이데아idea, 너의 우주를 시험
하라!" 햄릿의 시대극 서두에서 천둥과 번개 속에
서 나타나 지들 할 말만 하고 안개 속으로 사라지
는 마녀들처럼 백안으로 외치던 라스푸틴의 광기
가 잦아들자 나비 가면이 말한다.

"자, 첫 번째는 독사! 이는 참가자 자신의 미궁
을 시험할지니, 라고 말하라고 마이스터께서 전
하시네요! 그러니 모두 앞에 놓인 잔을 드시기 바

---

* 파울 첼란의 시 「강에서」 전문

랍니다!" 나비 가면이 말하자 연미복 하나가 유리 잔을 돌린다. 잔에는 빈티지 와인 대신 걸쭉한 액체가 들어 있다.

"아야와스카라고 하는데 남미의 약초를 푹 고아 만든 즙이죠. 남미 원주민 사이에 전승되는 약물인데 비망록에 의하면 신들의 핸드백을 찾아낸 클링온어 작가 역시 아마존의 정글에서 시음했다고 하지요. 냄새와 맛이 꽤나 고약하고 환각성도 이만저만이 아니라는 점은 제가 보증합니다. 사실 저도 마셔봤거든요. 자, 이 즙을 쭉 들이켜는 게 첫 번째 시험입니다!" 새빨갛게 타오르는 숯불 위를 맨발로 걷고 참 쉽죠, 라고 양손을 벌리는 차력사처럼 나비 가면이 별것 아니라는 투로 잔을 권한다. 나비 가면의 권유에 우리 도전자들은 잔을 들어 냄새를 맡았다. 언젠가 속아서 구닥다리 중고차를 산 적이 있는데, 그때 줄줄 새어 나왔던 엔진오일 같은 빛깔을 하고 있었다. 찐득찐득하고 누리끼리한 것이 맛도 썩은 오일 같을 거란 예감이 들었다.

"원래는 이번 예언서에 이어 다음 번 경매 테

마로 예정된 강신술에 사용될 예정이었으나 마이스터의 결단으로 여러분께 제공하게 되었습니다. 뭐 이 정도쯤 되는 환각에서도 자신만의 길을 찾아야 우리에게도 도움이 될 거라 믿기에 준비했지요. 참고로 중독성이나 금단증세는 없다는 점을 보증합니다." 나비 가면이 즙에 대해 설명하자 연미복들과 석궁수들이 합창한다.

"자신을 인도하는 별을 보기 위해 스스로를 동굴에 가둘 자 누구인가! 생명의 물을 찾기 위해 자신의 발걸음을 광야로 내딛는 자 누구인가! 미래의 북녘 강에서 그림자를 그물로 담을 자 누구인가! 선택된 자가 되기 위해 쓴잔을 들이켤 자는 또 누구인가!"

이거, 준비된 대사를 보니 오늘의 이벤트는 완전히 계획적이다. 어쨌거나 중독성은 없다고 하니 좀 센 감기약 정도로 생각하면 될는지. 그렇게 마인드 컨트롤을 하고 과감하게 즙을 들이켰다. 쓴 보약을 마실 때처럼 박하사탕이라도 있었으면 더 좋았을 텐데.

"시간이 좀 지나야 약효가 돌 테니 막간을 이용

해서 저희가 준비한 영상을 보도록 하겠습니다."
나비 가면의 말과 함께 우리 세 명의 프로필이 차
례로 영상에 등장했다. 혹시 이러려고 미리 참가
자 신원을 받아놓은 거 같은데 어찌 구했는지 각
자의 어린 시절부터 SNS에 올려둔 스냅사진도 섞
여 있다. 하긴 맘만 먹으면 나 같은 계약직도 지
난 세기말에 녹음된 테이프를 찾아내는 판이니,
히틀러 부부의 유골을 입수할 정도의 재력과 성
의가 있는 이치들한텐 누워서 유튜브 돌려 보기
보다 쉬울 거다.

　"저희로서도 꽤 투자한 이벤트여서 귀하들의
신분을 사전에 조사했음을 알려드리오니 양해하
여주십시오." 나비 가면의 설명을 들으며 입안에
감도는 폐엔진오일 맛을 느끼고 있는데 그 사이
점차 약효가 돌았다. 일단 첫 증상은 구토였다.
내가 허리를 구부려 뭔가를 게워내는 사이에 아
무래도 나보단 평소에 꾸준히 신체 단련을 했을
모사드가 먼저 도전을 시작했다. 모사드가 나서
자 성벽의 스크린으로 이 팀이 제출한 예언서가
비쳤다.

1) 제출 기관(경매 참가 기관) : 예루살렘 헤브루 국립도서관 소속 사서 2인

2) 문헌 명칭 : 〈아이작 뉴턴 경의 2060년 묵시록〉(1725년경 저술, 필사본)

3) 수록 내용 : 영국의 과학자 아이작 뉴턴 경은 2060년 세계의 종말이 도래한다고 믿었음. 그리고 자기 묵시의 근거를 논증한 비망록을 작성. 다수의 카발라 상징 도해도 포함.

4) 특기 사항 : 영국의 포스머츠 백작 가문의 수장고를 거쳐 20세기 초반 경제학자 존 메이너드 케인스가 구입. 다시 수집가 아브라함 야후다에 의해 예루살렘 헤브루 국립도서관에 기증된 문헌 중 비공개품.

지금까지 우리가 모사드로 알고 있던 치들의 공식 신분이 예루살렘 헤브루 국립도서관 사서라는 사실이 드러났다. 아랍의 정보부에서는 살짝 좋아할 일인데—나중에 복수를 결심한다면 말이다— 어쨌거나 사서 겸 정보원이 성벽 가장자리에 서자 예언서의 일부인 세계 종말 도해도가 비쳤다. 도형과 연결선으로 이루어진 카발라 상징이 마치 매출액 달성 방법을 설명하는 대기업 영

업부의 플로차트 같다. 구토를 하며 영상을 보니 도형들이 천천히 꾸물거린다. 원래 영상을 그렇게 편집했는지 아니면 약효가 돌아 내가 환각을 보고 있는지 헷갈린다.

"즙을 마신 도전자들이야 죽을 맛이겠지만 지켜보는 분들은 다들 지루하실 테니, 시간 관계상 다음 순서로 넘어가겠습니다. 자, 두 번째는 에피스테메! 이번 문제는 너의 시대를 시험할지니, 라고 되어 있습죠!" 그러자 성루 위에서 백안으로 빙의한 라스푸틴이 질문을 던졌다.

"아이작 뉴턴 경은 2060년에 세계의 종말이 온다고…… 다니엘 묵시록을 수학적으로 계산하였고…… 그의 수학적 추론의 근거는 바이블 코드인바…… 바이블 코드란 무엇이뇨?" 나중의 내 차례를 위해서도 질문을 자세히 들어두고 싶은데 구토가 심해져 라스푸틴의 복화술이 띄엄띄엄 들렸다. 질문을 받은 헤브루 국립도서관의 사서는 나와 마찬가지로 약물에 취해 더듬거렸다.

"뉴턴 경은…… 바이블 안에 암호 코드가 있다고 보았다…… 일종의 난수표 암호라고 생각했는데…… 카발라 상징이나…… 암호로 기록된 그의 연금술 실험처럼…… 진위는 알 수 없다…….”

그러나 꽤 긴 대답에도 불구하고 사서의 대답은 라스푸틴에게 만족을 주지 못했다. “그대의 답변은 일생 동안 뉴턴의 비의를 연구한 영국인 경제학자 케인스의…… 차용에 불과하니…… 그래서는 뉴턴이 본 묵시를 온전히…… 네가 딛고 있는 시대로…… 담아내지 못하느니라.” 라스푸틴은 서바이벌 오디션 프로그램의 진행자처럼 예루살렘 사서의 답변을 단죄하며 외친다. “묵시란 무엇이뇨! 무엇이 인간의 광기를 이끌어 내느뇨!” 그러자 나비 가면과 연미복들과 석궁수들이 답창한다.

“하늘이 산산조각이 날 때
수많은 별들이 흩어질 때
바다가 넘칠 때
수많은 무덤이 파헤쳐질 때
심판의 날이 무슨 날인가를 누가 네게 가르쳐주랴.

다시 심판의 날이 무슨 날인가를 누가 네게 가르쳐주랴."***

라스푸틴의 불합격 선언으로 예루살렘의 사서가 두 번째에서 실패하고 끌려 나가자 혹여나 순서를 뺏길까봐 중국인이 나선다. 저치도 분명 약효가 돌고 있을 텐데, 모사드보단 못하지만 나보다는 괜찮은 체력을 가졌나 보다. 중국인이 제출한 참가품은 태평천국운동 당시에 만들어진 도참록이었다. 중국인이 제출한 예언서가 긴 널빤지 다리로 이어진 건너편 성벽 화면에 비치는데 나비 가면이 연미복 하나로부터 수신호를 받더니 갑자기 순서를 바꿔버린다.

"이것 참, 난징혁명역사유한공사에서 오신 분께는 죄송하게도 순서를 바꿔야 할 듯싶습니다. 저희 사정상 급히 다른 분의 도전을 먼저 받아야 할 상황이 생겼거든요." 나비 가면의 순서 조정에 중국인이 강하게 항의한다. 그러자 나비 가면의

*** 『꽃 꾸란』 제82장 「인피따르」 일부

158

신호에 석궁수 하나가 중국인의 다리에 쇠뇌를 먹이고 단상에서 끌어 내린다. 구토가 여전한 상황에서 중국인이 끌려 나가는 모습이 마치 살바도르 달리의 그림에서처럼 흐느적거린다.

"가만있으니까 누굴 호구로 아시나? 니들이 아까 제출한 도참록, 원본이 아니잖아. 어디서 복사본을 가지고 약을 팔아? 하는 짓이 웃기긴 하지만…… 내용 자체는 흥미로워 모르는 척 참가품으로 받아주고…… 이번에는 무슨 얘기를 하나 들어보려 했더니 어디서 천방지축 날뛰고 있어? 금화도 딴 팀에서 뜯어낸 주제에…… 우리가 이 드라크마 금화를 아무한테나 준 줄 알아? 미리 서류심사도 하고 대기실에서 관상도 본 다음, 나름 우리 기준에 맞는 자에게 준 거라고!" 약효가 더 돌자 구토와 함께 말이 툭툭 끊겨 들린다. 나비 가면이 노려보자, 중국인들에게 무슨 협박을 받았는지 삥을 뜯긴 치들이 고개를 외로 꼰다. 승부차기에서 혁명역사박물관 사업주임으로 위장한 중국인이 실축을 한 셈이다.

"자, 마지막 도전자입니다. 세계희귀물보호재

단 한국 지사에서 오신 연구원입니다!" 스크린에 내 프로필과 함께 예언록의 개요가, 고흐가 그려 낸 회전하는 별빛처럼 등장했다.

1) 제출 기관(경매 참가 기관) : 세계희귀물보호재단 한국 지부 연구원 2인
2) 문헌 명칭 : 〈피의 어린양 권지영의 순교 환상록〉 (1991~1992년 저술, 필사본)
3) 수록 내용 : 1992년 시한부 종말론과 연관된 예언. 수 기로 기록된 예언록과 예배 상황을 담은 사진, 녹음테이프.
4) 특기 사항 : 시한부 종말론을 취재한 언론사에서 입수했 으나 미공개된 자료. 이후 세계희귀물보호재단 한국 지부 에서 비공개로 소장하던 문헌.

회전하던 화면이 바뀌자, 예언서 중 방언으로 기록된 부분이 나온다. 막 글을 배운 아이가 선을 겹쳐서 뭔가를 그린 듯한 글자다. 마치 급하게 갈 겨진 러시아어 필기체 같기도 하다. 그리고 고성 의 스피커를 통해, 내가 얻어낸 테이프에서 방언 기도 부분이 울려 퍼졌다. 더불어 본부에서도 미

처 라틴어로 번역하지 못한 글자들이, 환각 속에서 슬슬 생명력을 얻어 방언과 섞인다. 내가 흐느적거리자, 백안을 한 라스푸틴이 두 번째 질문을 던졌다.

"소녀는 무언가를 보았다…… 무언가를 적었다…… 이 기묘한 문자는 무엇이고…… 울부짖는 소리는 무엇이냐…… 거짓된 울음이냐…… 진실된 희원希願이냐…… 차원을 거스르는 이 언어를 너는 해석할 수 있느뇨?"

라스푸틴의 물음과 함께 화면은 바뀌고 내 인생에서는 이미 이페머러로 취급되는 문헌이 나온다. 바로 내 석사 논문. 혹시 몰라 졸업할 때 욕심껏 100부를 찍었지만, 두루두루 돌릴 만큼 돌렸어도 아직도 집 구석에 수십 권이나 남은 잡동사니. 그 사이, 아야와스카는 마운드에서 전력투구하는 투수처럼 여러 가지 기하학적 변화수를 내게 쏟아냈다. 혹여 내가 도전자로 선택된 것은, 그리하여 저치들이 나를 이 다리 앞에 세운 것은 혹시 이 논문 때문이 아닌가 하는 의구심이 들었다. '1920년대 장편서사시에 등장하는 환상성',

그렇게 의구심이 들자, 내가, 내 인생의 이페머러로 묻어두었던 문헌의 제목이, 방언과 섞여, 집요한 뱀처럼, 점점 덩치를 키우다가, 빈틈을 노리는 S자로 휘어지면서, 널빤지 다리를 건너, 입을 벌려 붉게 갈라진 혀를 내밀고, 나를 삼키기 위해 밤의 고성을 건너고 있었다.

2

무엇인가. 무엇이 열다섯의 소녀에게 인세에 강림하는 지옥을 목도하게 한 것인가. 라스푸틴 이 던진, 그리고 뱀으로 변해 집요하게 나를 추궁하는 저 소리는 무엇인가. 난 입을 막아 구토를 억지로 세우며, 저 백안의 복화술사에게, 조리 있게 던져야 할 말들을 생각했다. 소녀가 본 것은 환각일까. 아니면 환상일까.

'독사', 그리고 미래의 북녘 강에서 그림자를 그물로 건지라는 말에 남미에서 건너온 즙을 들 이켠 후, 약간의 시간이 지나자 약효가 돌면서 환 각이 보이기 시작했다. 헤브라이인이, 평생을 취미 삼아 뉴턴 경의 묵시록을 연구했다는 케인스의 논리에 대해 얘기할 때, 경매장의 테이블이며 접시며 의자가 녹아내렸다. 그리고 밤의 고성으로 부는 바람 소리가, 별들의 중력을 찾아낸 이 영국의 천재가 또다시 고안해낸 카발라의 도형으로 변해서 회오리치기 시작했다. 밤의 목련처럼 에로틱하게 터지는 기하학의 도형들.

라스푸틴의 질문을 받았지만, 1992년 10월 28일의 밤에 승천의 기회를 잃고, 자신을 지탱하던 광기를 잃어버린 소녀처럼, 내가 디뎌야 할 길이 보이지 않았다. 도대체 이걸 어떻게 해석한단 말인가. 마치, 크레타섬에 지어진 라비린토스의 미궁에 갇힌 듯했다. 이런 상황이 굉장히 낯익다. 기억보다, 몸이 먼저 느끼는, 익숙한 막막함. 이런 기분 언젠가 느껴봤는데. 말들이 분절되고, 사물이 무너지는 경험.

고등학교 여름방학 때 처음으로 해본 프랜차이즈 햄버거 알바. 그때 단체 주문을 잘못 받아, 매장에 소동이 벌어졌다. 세트 메뉴 30개였는데, 별로 인기 없는 메뉴여서, 이런 걸 30개나 시킨다

고 의아해서 반문도 했는데, 픽업을 위해 매장에
온 손님이 자긴 다른 세트를 시켰다고 우겼다. 그
때 매니저가 손님께 메뉴를 바꿀 수는 없겠냐고
부탁을 했던가, 아니면 손님의 화를 달래는 사이
에 누군가가 30개의 햄버거를 만들어냈던가. 구
토와 함께 밤의 고성으로 울려 퍼지는 방언이, 상
영되는 나의 과거들이, 서로 뒤섞여 뱀의 형체를
갖추기 시작했다. 그때, 그 손님이 고성을 지르는
사이, 난 어디론가, 사라지고 싶었다. 그때 매장에
새겨진 프랜차이즈의 로고가, 살바도르 달리의
그림처럼 녹아내리면서, 내게 당혹감을 안겨주었
다.

그런 경험은 군 복무 시절에도 있었다. 후임이
탄피를 잃어버려, 꽁꽁 언 손으로 소대원들과 밤
새 사격장을 뒤지고 있는데, 정작 문제를 일으킨
후임이 총을 들고 어디론가 사라진 것을 알았을
때, 만약에라도 이놈이 나쁜 생각을 한다면. 남
은 소대원들이 패닉에 빠진 그때도, 사물이 뭉개
졌다. 그런 기억을 떠올리고 있는데, 뒤에서 보스
가 무언가에 대해 소리치고, 건너편에서는 뱀이

덩치를 키우고 있는데, 사물의 뭉개지는 경험은 더 있었다. 여자친구와 긴 상의 끝에 취업을 결심하고 첫 인턴 생활을 시작할 때. 인턴 동기라서 친해진 형이, 울면서 사정했을 때. "알아보니 우리 둘 중에 한 명만 채용한다더라. 근데 내가 정말 사정이 급해서." 세 살 어린 내 앞에서 형이 무릎을 꿇었을 때. 일주일이면 된다고, 차곡차곡 모아둔 월급을 빌려 간 친구가, 다단계에 돈을 몽땅 털어 넣은 걸 알았을 때. 나의 양보에도 불구하고, 형이 정규직 통보를 받지 못했을 때. 그렇게 마치게 된 인턴 마지막 날, 형과 안주도 없는 소주에 구토를 할 때. 그때도 체온이 낮아지면서, 사물이 기하학적으로 변하고, 감각이 빛으로, 색깔이 소리로 변하는 경험을 했다.

무엇이 나에게, 환영을 주었던가. 내가 들은 햄버거 주문이 맞다고, 끝까지 우겼어야 했던가. 후임을 관심사병으로 미리 신고해, 감시를 하거나 전출을 보내야 했던가. 형에게 양보를 하지 말았어야 했던가. 친구를 믿지 말았어야 했던가. 양보를 하지 않았다면, 형 대신 나라도 채용됐을 터인가.

그 사이 성벽의 화면은, 여자친구의 모습으로 바뀌어, 나에게 뭔가를 말하려고, 망설이고 있다. 여자친구가, 이제 그만 만날까, 라는 말을 맨 처음 할 때 같다. 그때 극단 옆 추레한 주점에서는, 연예인들이 고민 해결사로 등장하는 예능이 나오고 있었다. 여자친구는 술자리 내내, 뭔가를 말하고 싶어 하는 눈치였다. 하지만 왠지, 그 말을 들으면 안 될 거 같아, 난 일부러 방송에 집중했었다. 그때 한 어린아이가 초롱초롱한 눈빛으로, 산타클로스가 진짜 있냐고 물었다. 질문을 받은 개그맨들은, 전전긍긍한 끝에 대답했다. "네가 믿을 때까지는, 네 옆에 있을 거야. 그런데 네가 더 이상 필요 없다고 하면, 그때 작별하지." 아니, 다르게 말한 것도 같다. "네가 더 이상 산타클로스를 믿지 않게 되면, 산타는 이놈 많이 컸구나 하고, 할아버지를 필요로 하는 더 어린 아이들을 찾아갈 거야." 그 말을 들은 여자친구는, 생일도 아닌 나에게, 준비한 새 옷을 준 후에, 어서 입어보라고 재촉한 후에, 옷이 잘 맞는다고 옷깃을 여미어준 다음에, "오빠, 우리 이제 그만할까?"라고 말했다.

휴거가 무산된 후 광기를 잃어버린 소녀에 대한 생각이, 여자친구에 대한 기억과 섞이는 사이, 다리를 건너온 거대한 뱀은, 방언 기도는, 내 몸을 휘감기 시작했다. 시간이 얼마나 지났을까, 백안의 요승으로부터, 질문을 받은 지, 한 시간은 흐른 것 같다. 아니, 채 1분도 지나지 않은 것 같기도 하다. 오래 사용해 소리가 늘어진 테이프처럼, 방언이 길게 늘어져 뱀의 혓바닥으로 변해 내 입술을 핥고 있다. 오, 하느님, 내가 보는 게 환각인가요, 아닌가요. 어쩌면 둘 다 맞을 수도 있고, 어쩌면 둘 다 틀릴 수도 있다.

약효가 더 돌자, 환각 속에서, 문장은 더 분절되어, 쉼표를 더 많이 넣어야 논리의 가닥을 붙잡을 수 있었다. 난 비틀비틀, 좀비처럼, 내가 방구석에 쌓아둔 이페머러와, 지난 시대의 우상과 원한이 뒤섞인, 건너편 내성을 향해, 피안을 향해, 널빤지를 디뎠다. 한쪽 발이 허공에 서자, 다음 발도 허공에 서자, 다리 위에서, 주위의 풍경은 유리잔에 담긴, 아야와스카의 끈적한 오렌지빛으로 시작해, 마치 조르조 데 키리코의 그림에서처럼, 사물이 녹아, 녹은 후에 다시 힘을 얻어, 기묘한 입체로 형체를 이루어가는, 존재의 고요를 보여주는, 절대공간으로 변화했다. 이 모든 것은, 그러니까 지금 내 귀를 핥는 뱀은, 사물이 도형으로 바뀌는, 회전하는 미로는, 내가 지어낸 환상이라고, 내가 간신히 부여잡는 이성은, 말하고 있다. 그러니 지금 보이는 것은, 사실 보이지 않는 거라고, 지금 들리는 것은, 사실 들리지 않는 거라고, 널빤지 밑으로 떨어지지 않게, 논리적으로 생각해야 한다고, 자기암시를 하며, 성모의 기적은, 기적이 아니라고, 외계인의 언어는, 외계인의 언어가 아니라고, 그렇게 주문을 외며, 흐느적거리며, 한 발 두 발 천천히 걸었지만, 다리를 전진했지만, 내가 서 있는지, 내가 앉아 있는지, 빛의 소용돌이 속에서 알 수가 없어, 밤의 허공에서, 주저앉고 말았다.

그때, 소리가 긴 밧줄로 변해, 내 어깨를 두드렸다, 되돌아보니, 이마에 혹이 난 보스가, 이상하다, 보스는 혹이 없었는데, 라고 생각하는데, 어느새 '스타트렉'에 나오는, 외계인의 얼굴을 한 보스가,

나에게 그물을 던졌다, 그물은, 작고 귀여운 뱀으로 바뀌어, 커다랗고 위협적인 뱀을, 찬찬히 달래기 시작했다. 그러자 거대한 뱀이, 화를 멈추고, 끝없는 순환을 멈추고, 그러자 허공에서 문이 솟구쳤다. 난 귀여운 뱀과 함께, 허공을 건너, 문을 열었다. 열린 방에는, 거울이 있고, 한 소녀가 서 있었다. 그러자 거울이, 입을 벌려 노래를 했다.

"빗물에 휩쓸리고
부릅뜬 어둠이 몰아가던 밤
그 밤의 기억들을 잊어버렸다
땋아 내린 머릿단에 서캐 슬고
초경 비릿한 살내음에
소슬히 눈물 터뜨리던
네 어린 계집아이들."****

언젠가, 잠깐 읽고 만 언어들이, 때로는 진지하게 읽은 언어들이, 내게 묻은 모든 먼지들이, 소

*** 김명리의 시 「가시 돋친 별」 일부

음이, 분노가, 고요가, 내가 영영 육신을 바꾸지 못할, 체험하지 못할, 다른 성별과, 다른 나이와, 다른 땅과, 다른 세기와, 고대의 시절과, 다른 차원과, 어려서 키운 개와, 인간이 아닌 생명과, 천사와, 망령과, 원혼과 뒤섞여, 어느 해 10월, 승천하지 못한 밤을 겪은 소녀를, 환각으로, 현실로, 소환했다. 그러자, 거울을 보자, 난, 내가, 막 초경을 겪은, 피 묻은 속옷에 당혹하여, 울음을 터뜨리는, 소녀가 되었다. 거울 속에는, 내가, 소녀의 얼굴을 한 채, 남자의 얼굴을 한 채, 서 있었다. 난, 부릅뜬 어둠의 밤을 기다리던, 혹은 무서워하던, 그 밤의 기억을 잊은, 그 밤을 상기하는, 소녀가 되어 있었다. 그러자, 소녀의 얼굴은, 남자의 얼굴은, 승천을 희구하는 밤으로, 승천을 무서워하는 밤으로, 차원을 거슬러 올라갔다.

3

　부케를 거절했다는, 여자친구의 전화를 받고 나서, 계약직 신분이 암담해져, 어떡하든 직장 상사의 눈에 들어야겠단 생각으로, 수소문해 찾아간, 지난 세기에는 젊었던 기자는, 지금은 목회를 한다며, 낡은 교회의 창고에서, 자료를 찾아주었다. 그때 나는, 오래된 테이프에서 나오는, 기이한 언어에 대해, 물어봤다. 지금은 마흔 살이 넘었겠네요, 소녀는 어떻게 살고 있나요, 혹시 아나요, 알면 좋을 텐데, 노트에 볼펜으로 꼭꼭 눌러 쓴 소녀는, 자신의 묵시를, 지금도 믿고 있는지, 왜냐면, 피의 어린양의 묵시록은, 맨 처음의 사도는, 바로 소녀 자신일 테니까. 소녀가, 지금 어떻게 살고 있는지 모른다면, 기자님이라도, 아니 목사님이라도, 대답해주세요. 그해에, 승천이 선포된 10월에, 소녀가 본 것은 무엇인지, 기자님이 본 것은 무엇인지, 지금은 목사라면서요, 대답해주세요, 묵시란 무엇인지, 예언이란 무엇인지.

모든 시대에는, 모든 시대만의, 묵시가 있습니다. 지난 세기의 소동을, 지켜본 기자가 대답했다. 묵시를 보는 데는, 나이가, 성별이, 금 그어진 국경이, 필요 없어요. 오히려 젊을수록 더 묵시를 본답니다. 어느 시대나, 연옥은, 청춘에게 가장 잘, 펼쳐지니까요. 제 아버지 역시, 젊은 시절, 월남전에 참전했는데, 술에 취하면, 날 붙잡고, 당신이 정글에서 본, 시체에 대해 얘기했어요. 난 너무 무서웠어요, 무섭지만, 동시에 나도 아버지처럼, 그 시체를 보고 싶었어요, 그렇게 무서운 걸, 친구들한테 으스대며 들려주면, 난 주인공이 될 것만 같았죠. 그해 10월, 모든 방송사들이, 외국의 방송사까지, 승천을 기다리는 선교회로 몰려들고, 구경꾼이 쏟아지고, 경찰이 달라붙고, 신도

들은 흰옷을 입고, 울고, 경쟁하듯 더 크게 울고,
돈을 바치고, 뒤늦게 돈을 더 바치고, 구경꾼들은
비웃고, 난리도 아니었죠. 그때 나도, 그들을 비웃
었지만, 무슨 일이 생겼으면 싶기도 했지요. 잡지
사라곤 하지만, 너무나 조그맣고, 잡지사의 사주
는 대형 교단 소속이었는데, 툭하면 월급을 미루
고, 이곳은 직장이 아니라 선교지라고 우기고, 간
구하면 모든 걸 얻는다고 하고, 교단 목회자의 성
폭행을 취재했는데, 사주에게 결재판으로 뺨을
맞고, 그때 내가 당신과 같은 나이였는데, 그렇게
간구했는데, 정말로 이직을 원했던 일간지는, 일
간지 더이상 기자는 가망이 없고, 그래서 그때,
공중 들림이 있었다면, 어땠을까 생각했어요. 공
중에 들려, 예수님의 신부가 되기 위해, 여자도,
남자도, 어린이도, 늙은이도, 흰옷을 입고, 엎드려
울고 있었지요. 그 후로, 2002년에, 광화문에서
승리를 외치는, 붉은빛의 군중을 보며, 난 휴거
가 떠올랐어요. 10년이 지나고, 기억이 미화되자,
난, 휴거가, 휴거를 둘러싼 소동이, 무슨 축제 같
았어요. 그날 휴거가 일어나서, 누군가가 들려 올

라가면, 난 비록 땅에 남아도, 행복할 것 같았어요. 아무리 기다려도, 오지 않는 것을, 기다릴 때가 있어요. 그때 누군가, 비록 내가 아니라도, 내가 비록 월드컵의 선수가 아니더라도, 누군가가 간절히, 기다리는 것을 성취한다면, 희망이 있다면, 기적이 있다면, 삶은 축제가 될 거라 생각했죠. 그날, 선교회 밖 슈퍼에서, 쭈그리고 앉아 있는 소녀를 봤어요. 흰옷을 입은 소녀는, 부라보콘이 먹고 싶다고 했어요. 휴거가 이루어지고, 세상에 지옥이 펼쳐지면, 자신은 북한으로 가서 순교를 해야 하니, 지금밖에 먹을 기회가 없다고 했어요. 아이스크림을 사주자, 소녀는 아주 맛나게 먹었어요. 소녀를 다시 본 것은 공중 들림이 불발되고, 선교회가 쑥대밭이 된 다음 날이었어요. 소녀는 자신이 보이냐고 물었어요, 난 잘 보인다고 했어요. 이상하다, 난 버림을 받아 세상에서 지워졌을 텐데, 라고 말했어요. 그러면서 소녀는 말했어요, 어제 아이스크림을 먹어서, 휴거가 취소된 거같아요. 아직 지상의 것에 미련을 가져, 벌을 받은 거라고 했어요. 나는 미안하다고 사과했어요.

소녀는, 자신의 노트를 주며, 자신의 몸은 점점 투명해져, 결국 떠도는 공기가 될 거라고 했어요. 아저씨, 나 정말, 이 노트에 거짓말은 안 적었어요. 나는 믿는다고 대답했어요. 그치만 만약에 환상을 다시 본다면, 부라보콘만은 먹지 말라고 했어요, 대신 구구콘을 먹으렴. 구구콘 얘기에, 처음으로 소녀는, 살짝 미소를 지었어요. 그 후로 소녀를 본 적이 없어요. 나는 소녀의 노트가, 마치 아버지가 목격한, 정글의 시체 같았어요. 누군가에게 자랑하고 싶지만, 또한 버리고 싶었어요. 그래서 진작에 치웠는데, 이렇게 수십 년 만에, 다시 묻는 사람이 찾아왔네요. 세기가 바뀌면서 목사가 된 기자가, 나에게 물었다, 당신도 어린양의 묵시록을 믿나요.

중세 유럽을 떠돌던 그림 형제의 채록처럼, 지난 세기의 소소한 전설을 듣고, 나는 대답했다. 노트에 거짓말이 없다고 믿는, 목사님의 믿음을 믿습니다, 물론 모든 시대에, 모든 시대만의 묵시가 있다는 말도요.

한밤의 고성에서, 소녀의 방언이, 내게 다정하

게 감겨 있는, 작은 뱀의 부드러운 희롱이, 목사가 말한 묵시록과 섞이자, 목사가 자기 인생의 짐으로, 희망으로, 버리지 못한 이페머러로, 보관해오던, 오래된 신문지와 테이프를 건네주며, 마지막으로 물었던 질문이, 되살아났다. '당신도, 피의 어린양이 쓴 노트에서, 베트남 정글의 참혹한 시체를 봤나요.' 네, 봤어요. 흘낏이지만 보긴 봤어요. 그건 내가 대학원 시절 논문 주제를 궁리하느라, 광화문의 대형 서점에 들렀다가, 버스를 기다릴 때였다.

광화문에선, 생활고로 스스로 목숨을 끊은, 세 모녀의 추모제가 있었다. 죽으면서까지도, 공과금과 집세를, 책상에 고이 놓아두고, 집주인에게 전해달라며, 미안하다는 말을 남기고, 생을 마감한 착한 사람들이었다. 딸은, 젊은 작가였다. 내가 목사에게서, 당신도 시체를 봤나요, 라는 질문을 받았을 때, 광화문 행사 패널에 붙어 있던, 빼꼭한 글씨로 쓴, 세 모녀의 가계부를, 떠올렸다. 그러나 차마, 나는 목사에게, 시체를 봤다는 답은, 하지 못했다, 부끄러웠다, 어떡하든 직장에서 인

정받고 싶어, 지난 세기의 광기를, 시체를, 찾아
나선 사연을, 자기 삶의 이페머러를, 그토록 오래
간직해온, 목사에게 고백할 순 없었다. 그때, 그
리고 지금도, 나를 지배하고 있는 건, 뭔가 결정
적인 한 방, 혹은 비장의 한 수, 그럴싸한 계획, 더
그럴싸한 계획 같은, 자기계발서에 등장하는, 언
어들이었다. 그러니 감히 목사에게, 라면, 식빵,
어묵, 왕뚜껑으로, 끼니를 때우면서도, 월세만은,
공과금만은, 미루지 않았던, 정직한 가계부를, 말
할 수 없었다. 생을 마감하면서도, 공과금을 봉투
에 넣어둔, 연옥을 착하게 견뎌온, 청춘이었음을,
말하지 못했다.

　"처녀는 하들하들 떠는 손으로 가리운 헝겊을
벗겼다.
　거기에는 선지피에 어리운 송장 하나 누웠
다."****

**** 김동환의 시『국경의 밤』일부

광화문에서 목격한, 손으로 꼭꼭 눌러쓴, 가계부 때문에, 난 논문 주제를 정할 수 있었다. 당시 내가 읽던, 1920년대 서사시에는, 관동대지진으로, 외세의 수탈로, 참혹했던, 그 시대의 청춘이 나타난다. 난 그 시에 나타난, 비극의 원천이 궁금했다. 그래서, 시에 영감을 준, 세기말 유럽의 영향을, 그리고 더 거슬러, 스웨덴의 신비주의자 스베덴보리를 찾았다. 난 그 시에서, 시에서 살아간 청춘들이, 허구 같지 않았다. 모든 가공의 인물은, 다른 시대에서, 다른 차원에서, 살고 있는 사람이라고 생각했다. 그러니, 스웨덴의 신비주의자에게로 거슬러 올라가, 그가 목격한 천국과 지옥을, 세 모녀에게, 차원을 이격하여, 들려주고 싶었다. 이 스웨덴의 예언자는, 자애의 신이, 죽은 이를 모두 일으켜, 눈물을 닦아준다고 증언했다. 그러니 논문은, 아무런 힘도 없는 내가, 할 수 있는, 같은 시대를 살아간, 같은 나이의, 스스로 목숨을 마무리한, 젊은 작가에 대한, 그러니까 인간에 대한, 작은 추모이자, 인사였다.

　지금은 잡동사니로, 방구석에 처박힌 논문이지

만, 그것을 쓸 때만큼은, 진심으로 썼다, 마치 피의 어린양으로 불린 소녀가, 공책에 거짓말을 적지 않았듯. 그런 생각을 하며, 밤의 허공에 서 있는데, 나는, 내 몸에 다른 누군가가 깃든 듯, 다른 시대의, 선지피에 어리운 송장이 깃든 듯, 다른 성별의, 땋아 내린 머릿단에 서캐 슨 계집아이인 듯, 다른 차원의, 클링온어로 번역된 『맥베스』를 읽는 외계인인 듯, 다른 예언의, 미래의 북녘 강에서 그물을 던지는 남자인 듯, 내가 언어로 읽어낸 무수한 존재들이, 차원을 이격하여, 빙의하여, 한 몸으로 겹쳐진다. 그런 생각을 하자, 밤의 고성에서, 환각의 문 사이로, 녹아 흐르는 별빛이, 지상으로 가라앉아, 눈으로 쌓이고, 그 눈이 펄펄, 다시 지상에서 하늘로, 승천하고 있었다. 지상에서 하늘로 솟구치는 눈이, 나의 환각이, 소리로 변해, 난, 나인 듯, 내가 아닌 듯, 내 목소리인 듯, 내 목소리가 아닌 듯, 언어인 듯, 언어가 아닌 듯, 나도 모르는 사이에, 소리를 질러, 밤의 고성을, 고성高聲으로, 데 키리코의 빛깔로 물들였다. 그러자, 난, 내 안에 깃든 여러 존재자들은, 다중의 인

격들은, 드디어 방언을, 해석하고, 동시에, 선포했
다.

> "새 세계로, 새 인간으로
> 이끌어올리는 저 사다리를 드디고서
> 하늘로 오르자.
> 몇천만 생령生靈을 희생하면서 꾸미던 일.
> 승천하는 사다리를 밟고 오르자.
> 거룩한 사랑을 땅이 빼앗아 안 가는 그런 곳."*****

모든 시대는, 모든 청춘은, 자기 시대만의, 자
기만의 연옥을 갖는다, 그리고 연옥을 통과한다,
통과해야만 한다. 내가 널빤지 중간에 서서, 허공
에서, 한 발은 바닥에 딛고, 한 발은 하늘에 딛고,
그렇게, 방언을 해석하고, 또 선포하자, 라스푸틴
이 외친다. "좋다, 그러면 최후의 시험…… 이데
아…… 너의 우주를 시험하노라," 그러자 나비 가
면의 수신호와 함께, 내가 출발한 곳으로, 요승이

***** 김동환의 시 『승천하는 청춘』 일부

서 있는 성루의 벽으로, 두 번째 스크린이 내려오고, 여자친구의 영상이 흘러나왔다. 요승이 외친다. "이제 너의 이데아를 시험하노라, 우리는 예언서의 해석을 위해…… 새로운 사도를 맞이하기 위해…… 그대의 가능성을 맛보기 위해…… 많은 수고를 하였도다…… 시련을 감내하는 자여, 쓴 잔을 마신 자여, 그대가 고국을 출발할 때, 그대의 여자가, 병원에 들렀도다…… 우리는 그것을 확인했도다…… 그대는 알았느뇨, 여자의 자궁에 새로운 존재자가 잉태되어 있다는 것을…… 그런데 그대의 여자는 두려워하고 있도다……."

요승의 말과 함께 연미복들이 복창을 하자, 성루에는, 성루에 새로 내려온 스크린에는, 여자친구가 병원에서, 산부인과에서, 어두운 얼굴로, 나오는 모습이 흘러나왔다. 환각 속에서, 현실 속에서, 내가 지금 듣고 있는, 요승의 선포가, 언어가 채찍과 바늘로 변해, 허공을 달려와, 내 귀에, 나의 동공에, 나의 혀에 꽂힐 때, 바울이 벼락을 맞듯, 출국 전, 여자친구에게, 너무 바쁘니, 당분간 연락이 힘들어도, 모두가 미래를 위해서라고, 이

해해 달라고 얼버무릴 때, 왠지 어두운 얼굴을 하고 있던, 여자친구가, 왜 그런 표정을 지었는지, 알 수 있었다. 라스푸틴이, 요승이, 복화술사가, 마이스터가, 다시 외치자, 연미복들이 합창한다.

"그러니 용감한 자여, 그대는…… 선택하라. 그대의 앞으로 걸음을 옮겨, 우상과, 원혼과, 기적과, 위대한 옛 존재들이…… 다른 차원에서 들고 온 신들의 유품을 선택할지…… 아니면…… 뒤를 돌아, 그대 여자에게로…… 발걸음을 되돌릴 것인지!"

연미복들이 외치자, 나는 뒤를 돌아보고, 내가 출발한 무대를 쳐다봤다, 어느새 무대에는, 나의 전화기가 놓여 있다, 그때 보스가, 클링온인의 얼굴을 한 채로 외친다, 조, 강원도에서 꺼낸 유물에, 클링온어가 새겨져 있었어, 다른 차원에서 흘러 들어온, 핸드백의 열쇠였어, 그러니 조, 다리를 건너, 신들의 핸드백을 붙잡아, 너는 할 수 있어!

보스의 말에, 나는, 앞으로 향했다, 좀비처럼, 방언을 터득한 좀비처럼, 환각에 취해, 그럴듯한 계획을 위해, 더 그럴듯한 계획을 위해, 여자친구와의 미래를 위해, 얼른 신들의 유물을 선택한 후, 금의환향하기 위해, 이번에 돌아가면 털어놓기 위해, 내가 조직의 인정을 받았다고, 그러니 레스토랑에서, 한강이 내려다보이는 레스토랑에서, 색색의 꽃으로 장식한 한강의 레스토랑에서, 드디어 청혼을 하겠다고, 더 이상 부케를 거절하지 않아도 된다고, 그렇게 눈물을 닦아주려고, 나는 비틀비틀, 다리의 중간에서, 고대의 도량형으로 지어진 다리를, 마저 건너기 시작했다.

그때, 성루의 화면으로, 지구 반대편의, 지금은 한낮인, 산부인과 대기실이, 라이브란 타이틀과 함께, 상영되기 시작했다. 요승이, 복화술로, 언어의 사다리를 탄 듯, 말한다. "우리는 계속 주시하였도다…… 그대의 여자가 산부인과에 수술 일정을 잡았다는 것을…… 그리고 헤브라이인이 영국의 경제학자의 묵시 연구를, 앵무새처럼 떠들때, 그대의 여자가 대기실에 들어간 것을 알았느니…… 그대는 그대의 우주를 선택하라…… 그대로 앞으로 걸어, 여자의 몸속에 잉태된 우주를 지울지…… 뒤를 돌아, 그대와 여자의 우주를 살릴지…… 그대는, 그대의 이데아를 선택하라!" 요승이 외치자, 연미복들이 열광적으로 복창을 한다.

그 사이 내 전화기에서, 재생하지 못한, 여자친구의 메시지가 재생돼, 소리가 눈으로 변해, 내가 디딘 널빤지를 둘러싸고, 땅에서 하늘로 솟구치고 있다.

"오빠…… 지금 어디야…… 지난번에 친구가 결혼한다고…… 부케를 받아달라고 한 날 기억나지…… 그날 밤에 내가…… 오빠 바쁜 거 알면서도…… 전화를 오래 붙들었잖아…… 사실 그날 나 알았어…… 그게 뭐냐면…… 아니다, 아니야…… 우리 이제, 정말로 그만둘까…… 지금 나, 너무 무서워…… 오빠 멀리 출장 간 거라고 짐작은 가지만…… 그래도 혹시 시간 날 때, 전화 한 번만 해줘……."

밤의 고성에서, 울리는 그 소리를 듣자, 내 앞 열린 문 속에, 거울 속에, 한 아이가, 아장아장 걸음마를 떼고 있는 게, 보였다. 거울 속에서, 환상 속에서, 현실 속에서, 이루어질 수 없는 현실 속에서 이루어질 수도 있는 현실 속에서, 아이는 키

가 더 자라서, 내가 부르자, 빨리 달려와 안기다
가, 투정을 부리다가, 고열에 들떠 밤새 앓는 소
리를 하다가, 첫 생리를 하다가, 첫 몽정을 하다
가, 처음으로 받은 연애편지를, 우리에게 숨겨, 서
운케 하다가, 점점 투명해지다가, 자신이 보이냐
고 묻다가, 아직은 보인다고 하는 대답을 듣다가,
이상하다, 나는 공기가 될 텐데, 라고 하다가, 드
디어 물방울로 변해, 공기방울로 변해, 허공으로
스러지는 걸, 내가 붙잡으려고, 난 손을 뻗어, 난
내가 터득한 방언으로 외쳤다.

"유리창에 이마를 대고
모래알 같은 이름 하나 불러본다
기어이 끊어낼 수 없는 죄의 탯줄을
깊은 땅에 묻고 돌아선 날의
막막한 벌판 끝에 열리는 밤
내가 일천 번도 더 입 맞춘 별이 있음을
이 지상의 사람들은 모르리라
먼 부재의 저편에서 오는 빛이기에
끝내 아무도 볼 수 없으리라"******

모든 세대는 묵시를 본다, 모든 시대의 모든 이들은, 저마다의 묵시록을 쓴다, 누군가는, B5 크기의 노트에 59쪽 분량으로 쓰고, 맨 마지막 페이지에, 드디어 휴거 날 아침이다, 오늘 나에게, 누군가가 선뜻 말을 걸고, 부라보콘도 사줄 거다, 이후로 벌어질 일들이, 기다려진다, 무섭기도 하다, 라고 쓴다. 또 누군가는, 휴대폰 문자로, 손가락 한 마디 분량으로, 지금 나는 너무 무섭다고, 짧은 묵시록을 쓰기도 한다. 그러니, 웃고 떠들지만, 무서운 일들을 겪는 밤, 그 순간만큼은, 누구나 묵시록을 쓴다, 누구나 방언을 한다. 그리고 한 번 터진, 나의 방언은, 다시 이어진다.

"너는 그 결말 너머에 놓여 있다는 것을 알고 있었어

너 자신의, 아직 쓰이지 않은 삶이."*******

****** 이가림의 시 「유리창에 이마를 대고」 일부
******* 에이드리언 리치의 시 「소설」 일부

난, 내가 선택한 우주에서, 혹은 내가 선택하지 않은 우주 사이에서, 크레타섬의 미궁 속에서, 환각 속에서, 현실 속에서, 수없이 많은 사도와, 선지자들을 본다, 묵시 이후의 그들의 운명을 본다. 뱀과 함께, 방언을 터득하고서도, 우주의 비밀을 흘낏 보고서도, 선택받고서도, 한 시대의 사도가 되고서도, 그 후에 누군가는 스스로를 죽이고, 누군가는 변절을 하고, 누군가는 투명한 공기가 되고, 누군가는 죽느니만 못하게 사는, 사도들의, 선지자들의 말로를 목도하며, 난 환상의 방에서, 거울의 방에서 나와, 문을 닫고, 주저앉은 몸을 일으켜, 뒤를 돌아, 아리스토텔레스의 잠재태를, 한 세계의 씨앗을, 싹 틔우기 위해, 여자친구에게 전화를 걸기 위해, 널빤지를 걸었다. 그때 굉음과 함께, 성곽이 부서지며, 헤브라이인인지 누군지, 의기양양하게 소리치고, 달려온 보스가 나에게 손을 뻗을 때, 나는 정신을 잃었다.

4

내가 다시 깨어난 곳은 병실이었다. 찢기고, 폐
오일을 토해내느라 구토로 더러워진 슈트 대신
환자복을 입고 있었다. 보스가 서류를 들여다보
다가, 내 손을 잡는다.

"아, 보스. 어떻게 된 일이에요? 참, 제 전화기
어딨죠?" 보스는 참석자 중 누군가가 아주 창의
적인 통신기기를 가지고 있었는지, 고성을 폭격
하게 했다고 한다. 급히 여자친구로 연결되는 단
축키를 누르려는데 보스가 말했다. "잠깐만, 한국
은 지금 새벽 두 시라고." 그러면서 어제 정신을
잃고 경매장에 쓰러진 사이에, 보스가 지구 반대

편에 있는 여자친구에게 대신 전화를 걸어줬다고
한다.

"미스터 조의 전화기 오픈 패턴을 그치들이 미
리 해제해뒀더라고. 하긴 그니까 메시지도 재생
했겠지. 어쨌든 서울의 일이라면 모든 게 잘됐어.
당연히 수술은 단념시켰지. 그런데 조, 그렇게 안
봤는데 꽤 재밌는 구석도 있더라? 1년에 한 번,
국가의 초빙을 받아 재훈련을 한다는 둥 시답지
않은 농담을 하길래 유머 감각 제로인 줄 알았는
데, 여자친구한텐 횡설수설하는 게 재밌더라고."

"아, 제가 그랬나요? 전혀 기억나지 않아요. 제
가 뭐라고 했나요?" "퀴즈로 낼게 맞혀봐. 첫째,
나 방금 태몽 잔뜩 꿨어. 그러니까 나쁜 생각하지
마. 둘째, 보스보다 네가 훨씬 섹시해. 이건 살짝
기분이 나쁜데? 그리고 뭐더라? 아, 셋째, 처음 만
난 날 다친 네 허벅지를 핥고 싶었어. 이건 무슨
뜻인지 모르겠다." "아…… 창피하니 답 맞히는
건 사양할게요."

왠지 셋 모두 답인 거 같아, 스스륵 긴장이 풀
린다. 서울에서의 일이 잘됐다고 하니 그다음으

로 중요한 질문을 했다. "제인, 그치들은 어떻게 됐어요? 그리고 유골들과 신들의 핸드백은요?"

"음, 알다시피 애당초엔 고르디아스의 매듭 같았는데, 폭격으로 오히려 문제가 간단하게 해결됐어. 요약하자면 다음과 같아."

첫째, 히틀러 애인 혹은 히틀러의 유골은 모사드에게 돌아갔다. 단, 조건이 걸렸는데 그건 우리도 모른다.

둘째, 나머지 자잘한 유물들도 원하는 이들에게 돌아갔다. 역시 조건이 걸렸는데 뭔진 모른다. 그치들은 물물교환을 정말 좋아한다.

셋째, 클링온어 비망록은 좀 해결이 복잡했다. 러시아 치들이 다시 끈질기게 눈독을 들인 것이다. 하여 주최 측과 우리 쪽과 러시아가 공동으로 남미 탐험에 나서기로 했다. 단, 조건이 걸렸는데, 러시아는 뭔지 모르겠고, 우리 쪽 조건은 알고 있다. 우리 쪽도 물물교환을 하기로 했다.

"혹시 제 보안등급으로 그 조건을 알 수 있을까요? 그리고 어렴풋이 기억나는 게, 환각인지 아닌지 헷갈리는데 제인이 강원도에서 발굴한 유물에 대해 얘기한 것도요. 그것도 꽤 궁금하네요."

"미스터 조, 깨어나면 어차피 얘기해주려고 했어. 일단 축하해. 미스터 조는 이제 정식으로 본부 소속이 됐어. 어젯밤 활약을 본부에서 높게 평가했나봐. 그것도 테뉴어 조건의 계약이니, 한국식으로 말하자면 종신 정규직이 된 거야. 음, 그리고 우리 쪽 조건이 물물교환이라고 했지? 사실 그치들이 미스터 조를 꽤 맘에 들어 했어. 그래 맞아, 물물교환의 대상이, 그러니까 우리가 그치들한테 넘겨줘야 할 물품이 바로 미스터 조야. 더불어 강원도의 작은 오벨리스크에서 파낸 유물도. 그러니까 미스터 조는 본부 소속이되, 그치들 조직으로 파견 가서 신들의 핸드백을 찾게 될 거야. 거기로 갈 때 파낸 유물을 줄게." 그러면서 보스는 잘해보라고 한다. 성과가 나오면 셋이 공평하게 공유하기로 했다면서.

"아마도, 러시아도 뭔가 단서가 될 만한 유물을 찾아냈을 거야. 그리고 신들의 핸드백을 찾아내려면 흩어진 단서가 모두 필요하니 주최 측에서 이렇게 모두를 꼬드긴 거지. 이번에 겪어보니 그치들 만만치 않더라고." 그러면서 막판에 모른 척 폭격을 당해준 것도 왠지 처음부터의 계획인 거 같다고 한다.

"참, 궁금한 거 풀었으면, 나도 뭐 물어봐도 될까? 어제 보니까, 방언 해석을 끝내주게 잘하더라. 그거 어떻게 한 거야?" 보스의 질문에 난 순간 어리둥절했다. 그렇다. 보스의 말이 사실이라면, 내가 그걸 어떻게 해냈더라? "전 그냥, 그 상황에서, 살아오면서 읽었던 글들이 떠올라서, 이걸 뭐라고 설명해야 하나? 환각에 의해 자극되는 시를 그대로 암송한 것뿐이에요. 근데 그게 보스에게는 방언으로 들렸나요?" "응, 확실히 한국어는 아니었어. 그리고 내가 아는 모든 종류의 언어들도. 이래 봬도 내가 이리저리 걸친 언어가 꽤 되거든." "음, 그럼, 밤에 마신 약물즙, 그거 다시 구해줘보세요. 그리고 허공을 가르는 널빤지도, 아, 그리고 박하사탕도 빼놓지 마시고요. 그럼 다시 도전해볼게요." "아, 그렇게 튕기지 말고 한번 시도라도 해봐. 궁금해 죽겠어. 내가 호기심 하나 때문에, 가끔 찾아내는 '진짜' 때문에 대학에서의 속

편한 교직도 사양하고 이렇게 세계 방방곡곡을 쏘다니는데. 그리고 우리, 그런 사이 아니잖아."

"에구, 알았어요. 방언이라고 생각되는 걸 아무거나 말하면 되죠?"

사실 보스에게서 지난밤의 경과에 대해 듣는 내내 스스로도 궁금했던 거다. 내가 한밤의 고성에서, 겁도 없이 허공에서, 내가 본 것들은 무엇이었는지. 이렇게, 링거를 꽂고, 기력을 회복하고서야, 난 내가 본 환각을 곰곰이 생각할 수 있었다. 난 눈을 감고, 마인드 컨트롤을 했다. 언젠가 스펙으로 삼으려고 반려동물행동교정사 자격증 공부할 때 강사에게 들었다. 마음을 고요하게 만들어, 내가, 눈앞의 동물로 바뀐다고 상상하라고. 하여 동물의 눈높이로, 천천히 숨을 들이마시고, 또 천천히 내뱉으면 동물과 교감할 수 있다고. 아니, 이것으로 부족한 거 같다. 나는 언젠가 본, 착하게 살다가 생활고로 생을 마감한 세 모녀를 떠올렸다. 니체가 그랬던가. 시인은 아무런 부끄러움 없이 자신의 경험을 써먹는다고. 그들은 그것을 혹사한다고. 아니, 아직도 부족해.

나는 다시 지난밤의 상황을 떠올렸다. 그러자, 남미의 약물을 들이켜고, 연거푸 구토를 하고, 그리고 위압적이고 거대한 뱀이, 아가리를 벌리고 허공을 건너 나를 삼키려 할 때, 보스에게서 날아와, 큰 뱀을 달래던 작고 귀여운 뱀이 떠올랐다. 난, 잠깐 눈을 뜨고 보스에게 물었다. "제인, 지금 생각났는데, 중간에 저한테 뭔가를 던져주지 않았어요?" "오호, 그것도 기억났어? 중간에 미스터 조가 환각으로 정신을 못 차리고 위태롭게 서 있길래, 혹시나 하고 경매대에 올려져 있던 앨곤퀸족의 드림캐처를 던졌지. 어제 그치들이 하는 걸 보아하니, 경매 물품은 어느 것 하나 허투루 준비하진 않았더라고. 그러니 왠지 그걸 던지면 효험이 있을 거 같았어."

아, 그랬구나. 악몽을 잡아낸다는 기괴한 사연의 드림캐처가 효험을 쳤나 보다. 그런 생각을 하며, 어제 내가 맞닥뜨린 언어가 분절되는 현상을 떠올렸다. 그리고 천천히 그 감각을 떠올려 시험했다.

파편화된, 잦은 쉼표로, 일상의 낱말들을, 인수

분해 하는, 색깔을 소리로 만드는, 맛을 도형으로
만드는, 대상에 감정이입하는, 내 존재를, 다른 존
재로 치환하는, 논리를 해체하는, 우상을 끌어들
이는, 원혼을 끌어들이는, 기적을 끌어들이는, 하
여, 시작법詩作法과 비슷한, 아니 '하여'라는 접속
논리어는 빼고, 자동기술하는, 부라보콘이, 강신
술의, 깃발, 라면, 시체, 초경, 탯줄, 휘슬, 그물, 그
림자, 더 깊은 곳으로 들어가자, 고열, 꿀, 허벅지,
피, 어린, 혓바닥, 혀, ㅎㅕ, ㅈㅓ……. 그러자,
방언이 터져 나왔다.

"우리가 번개불에 거주한다면,
영원한 것의 핵심은 있다."[********]

난 내가 초능력을 터득하길 바랐다. 난 내게 초
능력이 임재하기를 간절히 바랐다. 그리고 암전.
잠시 후 다시 깨니, 잠깐 기절했다고 한다. 보
스가 엄지척을 한다. "어제와 비슷했어. 이거 대

[********] 르네 샤르의 시 「뱀을 위한 건배」 일부

단한데. 방언하는 동안, MRI로 전두엽의 주름을 찍어보고 싶을 정도야." 난 내 목소리를 녹음해서, 제3자의 입장에서 객관적으로 들어보고 싶지만 왠지 그렇게 하면, 부라보콘을 먹어버려 승천하지 못하고 투명한 공기로 사라진 소녀가 될 것 같았다. 엄지척을 한 보스는 귀국 비행기 편을 예약하고 오겠다고 병실을 나갔다.

난 한낮의 병실에서, 여자친구에게 문자를 보냈다. 여자친구의 전화기로, 새벽 두 시에 흡수될 문자. "자니?"

백 년 전만 해도 순식간에 지구의 반대편으로 보내는 이런 문자는 기적에 속했을 것이다. 난 여자친구로부터 답장이 올지를 가늠하면서, 만약 온다면, 이는 성모상의 동공에서 흘러나오는 핏방울이나, 혹은 위대한 옛 존재와 함께 다른 차원에서 흘러 들어온 신들의 핸드백 못지않게, 기적일 거라고 생각했다. 그러면서 생각했다. 우리가 지난밤 수호한 것들, 그리고 내가 지구의 반대편으로 전화를 걸어 개인적으로 수호한 세계에 대해.

그렇게 생각하니, 우리가 시간의 강물에 흘려 보낸 일상들, 지난밤 토해낸 정신적 상처와 광기의 기쁨을 누군가는 채록하고 누군가는 수호하고 있다. 그렇게 지켜보는 자가 당신이 지난밤 무엇을 먹고 누구랑 어디서 잤는지를 알고 있다는 국세청인지, 혹은 최후의 심판일에 죽은 자의 육신을 땅에서 일으켜 단죄할 절대자의 눈길인지, 그도 아니면 도서관이나 박물관처럼 전 세계에 산재한 이페머러의 수호자인지는 모르지만 말이다.

그런데 이걸 아시는지. 이페머러의 수호자들은, 재능 있는 셰프가 벌꿀과 칠리소스를 섞어 멋진 요리를 만들어내듯이, 마치 탁월한 시인과 미술가가 거미줄과 철근과 안개를 연결하여 우주의 질서를 슬쩍 보여주듯이, 언어들의 부스러기 속에서, 모든 슬픔과 모든 환상을, 모든 권력과 모든 광기를, 모든 원한과 모든 법열을 자신만의 체로 걸러낸다는 것을.

이페머러의 수호자들은 또한 모든 시대의, 모든 문명의, 모든 인민人民이 토해내는 묵시들의 수호자라는 것을. 그리고, 이제, 나 역시, 이페머러의 수호자.

작품해설

우리, 이페머러의 수호자들

복도훈

1. 소설가 조현은……

……외계인이다. 물론 조현의 표현을 빌리면 '외계인'은 인간 중심적 편견이 실려 있는 '정치적으로 올바르지 못한' 단어이므로 외계 존재로 고쳐야 할 것도 같다. 그러나 내가 언젠가 만난 적이 있는 조현은 분명 인간의 형상을 하고 있었으므로 그를 외계인으로 불러도 무방하겠다. 그간 작가 인터뷰와 소설, 실재와 허구에서 밝힌 것처럼, 조현의 실체는 클라투행성의 지구 주재 특파원, 더 정확히는 클라투행성 외계문명접촉위원

회 소속의 현지 특파원이다. 비록 낮에는, 대한민국 사회가 그렇듯이 이따금씩 밤에도, 서울에 있는 한 대학의 교직원으로 일하고, 밤에는 평범한 가족의 구성원으로 시간을 보낸다고 하더라도, 조현은 분명히 외계인이다.

그는 잠든 가족을 물끄러미 바라본 후 자신의 서재로 들어가 밤이 새벽으로 넘어가는 시간까지 "인간의 모든 고결하거나 추악한 것에 대해" 루시드 드림(자각몽)을 꾸며 그것을 고향인 클라투행성으로 송신한다(조현, 「은하수를 건너—클라투행성통신 1」[이하, 「은하수를 건너」]). 조현은 단한 번도 자신의 정체를 숨긴 적이 없다. 문제는 그의 말을 한낱 소설가의 농담으로 가벼이 넘겨버리는 지구인들의 태도다.

그러므로 클라투행성통신이라는 부제를 달고 있는 「은하수를 건너」는 조현의 자전소설이지, 소설이란 무엇인가에 대한 새로운 가능성을 탐문하는 실험적인 작품이 아니다. 실험과 가능성은 어디까지나 지구인의 시각일 뿐. 이렇게 말하자마자 지구인이 즉각 반론을 한다. 소설가의 루시드 드림 또한 그 자신의 한낱 "주관적인 꿈"에 불과하지 않은가. 자신이 클라투행성의 외계인이라고 말하는 조현은 그저 아스트랄한 지구인에 불과하지 않은가.

그러나 클라투행성 본부에서 조현에게 보낸 답변에 따르면 "상상하는 것은 존재하는 것"이다. 이 말은 우리가 상상하고 느끼는 모든 것이 세계가 된다는 게 아니다. 상상도 존재 못지않게 존재의 권리가 있다는 뜻이다. 말인즉슨 조현이 이 지구에서 외계인인만큼 다른 평행우주에서는 지구인일 수 있음을 기꺼이 인정하자는 것이다. 조현에게 소설은 이러한 평행우주에 대한 실험이다. 허구는 실재가 아니라지만, 그에게 허구는 엄연히 다른 실재다. 우리 우주가 있고, 평행우주가 있는 것이 아니라 우리 우주가 다른 우주의 평행우주다.

우리가 아는 소설가 조현은 누구도, 그 어떤 SF 작가도 지금껏 자신이 외계인임을 드러낸 적이 없을 때 혈혈단신 클라투행성의 외계인으로 말하고 글 쓴다. 그는 지금까지 두 권의 단편집 『누구에게나 아무것도 아닌 햄버거의 역사』(2011) 와 『새드엔딩에 안녕을』(2018)을 지구인에게 선보인 바 있다. 그리고 「은하수를 건너」처럼 작품집에 묶이지 않은 단편이 더 있다. 그의 단편들에는 조현 고유의 소설적 스타일, 즉 허구와 실재를, 정크푸드 햄버거와 시詩를, 종이 냅킨과 T. S. 엘리엇의 장시 「황무지」를 진지한 듯 장난스럽게 뒤섞는 기발한 방법과 재치 있는 아이디어가 등장한다. 그리고 그는 외계인과 휴머노이드의 관점에서 인간을, 인간의 사랑과 이별을, 선택의 순간에 현실화된 것보다는 가능성으로 버려지는 것에 대한 애정을, 가까이서는 희극(비극) 멀리서는 비극(희극)으로 보이는 세상을, 새드엔딩이 해피엔딩이 되는 반전을 쓸쓸하고도 정답게 묘사한다. 거기에는 작가의 표현을 빌리면 '언령言靈', 곧 말에 깃들어 있는 영적인 힘을 믿을 뿐만 아니라 그 말에 기꺼이 사로잡히고 빙의하려는 열망과 두려움이 있다.

드디어 조현의 소설적 스타일과 메시지의 장점이 잘 발휘된 소설 『나, 이페머러의 수호자』가 출간된다. 엿들어본즉 클라투행성은 이 소설로 벌써부터 떠들썩하다는데, 도대체 어떤 이야기일까. 게다가 '이페머러'는 또 무슨 말인가. 조현의 주술적 외계어 '클라투, 바라다, 닉토'를 잇는 신종 외계어?

2. 이페머러는……

……그렇다고 무슨 클라투행성어는 아니고, 영한사전에 따르면 하루살이, 일용직을 뜻한다(ephemera). 미술과 공예에서는 잠깐 쓰고 버려지는 것, 미술품과 공예품 전시를 위해 동원되고 전시가 끝나면 버려지고 마는 전단지, 엽서, 초청장 같은 것이다. 소설의 구절을 빌리면, "구텐베르크가 인쇄술을 발명한 1450년부터 1500년까지 유럽에서 활자로 인쇄된 서적"인 값나가는 "인큐내뷸럼"(80쪽)과는 반대로 "이페머러는 극장표나 포스터처럼 한 번 쓰고 버리는 잡동사니"(81쪽)다.

그러니까 우리가 읽는 소설의 열쇳말인 이페머러에는 적어도 두 가지 뜻이 있겠다. 첫째, '한 번 쓰고 버리는' 잡동사니. 둘째, '한 번 쓰고 버리는' 하루살이. 잡동사니로서의 이페머러가 『나, 이페머러의 수호자』를 직조하는 텍스트적 코드들이라면, 하루살이로서의 이페머러는 무엇보다 대한민국 비정규직 청년으로 정규직을 얻고 여자친구의 SOS 신호에 응답하기 위해 지구 반대편으로 신산辛酸한 모험을 떠날 채비가 되어 있는 처지의 주인공 '나'를 뜻한다. 우선, 잡동사니 이페머러부터 살펴보겠다.

음모론, 조선시대에 출현한 UFO, 강원도 향촌에서 발견된 괴이한 잡록 『해동잡기』(1812), 1992년 10월 28일 휴거 소동, 히틀러의 『나의 투쟁』 초판본, 외계어 클링온어 사전, 오컬트적 분위기의 유럽 고성古城, 아이작 뉴턴 경의 2060년 묵시록, 태평천국운동의 도참록, 일루미나티 등등. 이런 거 좋아하는 독자들이라면 『나, 이페머러의 수호자』는 단연 흡족할 만한 작품이다. 소설은 네 장으로 이루어져 있는데, 모두 미국이 세계를 보다 원활하게 지배하기 위한 전략의 일환으로 만든 '세계희귀물보호재단'의 한국 지사 소속 비정규직 직원 '나'가 이 음모론의 매트릭스에서 온갖 사건과 맞닥뜨리는 이야기다.

소설을 한번 요약해보자. 1장(「제인 도우, 마이 보스」)은 재단의 본부인 미국에서 강원도의 야산에 이르기까지 주인공이자 비정규직인 '나'가 그의 상사 제인과 함께 국경을 넘나들며 '세계희귀물보호재단'의 비밀 프로젝트를 수행하게 된 내력과 재단의 역할을 서술한다. 2장(「이페머러의 유령들」)은 소설의 수수께끼 같은 존재인 '마이스터 X'의 초청을 받은 CIA가 세계평화를 수호하기 위한 방편으로 '나'와 제인에게 임무를 부여하고, 그렇게 그들이 경매자들로 위장한 "꼬꼬마 텔레토비의 보라돌이와 뚜비처럼 생긴"(91쪽) 스파이들과 유럽의 한 고성에 다다르게 된 여정을 "슬랩스틱 스파이물"(151쪽) 스타일로 서술한다.

3장(「빙의의 시대」)은 2장에 이어 계속되는 슬랩스틱 스파이물로, 거의 성배물이라고 해도 좋을 진귀한 경매품, "레어 아이템"(34쪽)을 둘러싸고 벌어지는 각국 경매자 간의 희극적인 모략과 쟁투가 흥미진진하게 묘사된다. 경매는 마치 "대형마트에서 '1+1' 특가 세일을 알리는 안내 방송처럼"(109쪽) 진행된다. 거기서 '나'와 제인은 미국 경제를 한쪽에서 지탱하는 온갖 "서브컬처"(132쪽) 사업에 도움이 될 만한 〈클링온어 사전 및 자료집 세트〉라는 레어 아이템과, 경매에 참가하기 위해 준비한 이페머러인 〈피의 어린 양 권지영의 순교 환상록〉을 물물교환하려고 한다. 4장(「승천하는 청춘」)은 일종의 "오컬트 오페라"(151쪽) 스타일로, 1-3장에 이르는 서술방식과 확연히 다르게 빙의와 방언으로 쓰여 있다. 스토리만을 보자면, 4장에서 '나'는 마이스터 X가 제시한 세 단계의 시련을 모두 통과하고 〈클링온어 사전 및 자료집 세트〉와 관련 부록 아이템('1+1')을 결국 획득한다. 뿐만 아니라 '나'는 그 과정을 눈여겨본 재단에 의해 그토록 소망해왔던 "종신 정규직"(192쪽)으로 임명되며, 자신을 믿고 오래 기다려준 여자친구와도 함께할 미래를 약속할 수 있게 된다. 그리하여, 새드엔딩에 안녕을!

3. 음모의 쓸모

잡동사니로서의 이페머러에 좀 더 주목을 하면 우선, 『나, 이페머러의 수호자』는 출발-통과의례-귀환의 성배 찾기 탐색담에 음모론적인 플롯을 더한 소설이다. 온갖 알 수 없는 음모가 세계에 도사리고 있으며, 조력자의 도움을 받아 초자연적 존재가 부여한 시련을 통과해 마침내 소망을 성취하고 떠났던 곳으로 귀환한다는 플롯. 여기서 잡동사니로서의 이페머러는 첫째, 소설 플롯의 구성에 필요한 온갖 요소들, 앞서 우리가 열거한 음모론에서 오컬트에 이르는 수많은 잡동사니의 조합을 의미한다. 둘째, 그것은 소설에서 오늘날의 세계가 구성되고 작동하는 원리이기도 하다. 예를 들어 음모론의 중심에 있는 '세계희귀물보호재단'은 어떻게 만들어졌던가.

백인이 학살한 북미 인디언의 제례의식이나 민담을 채록하던 '보스턴인디언클럽'이 20세기 중반에 이르러 정부의 지원을 받는 글로벌 재단법인으로 신장개업을 한 것이 '세계희귀물보호재단'이다. 표면적으로는 "미합중국 대통령의 무해한 취미생활을 서포트"(33쪽)하기 위한 목적으로 온갖 희귀한 물품들을 수집하지만, 이 수집이야말로 음모론적 편집증의 다른 이름이겠다. 소설에 따르면 수집해야 할 이페머러는 물려도 죽지는 않지만 일주일 정도 가려운 몸을 긁어야 하기에 때려잡을 수 있을 때 때려잡아야 하는 "산모기"(75쪽) 같은 존재로, 이페머러 수집은 세계평화와 안보를 책임지고 있는 CIA에게도 주요한 임무인 것이다. 궁극적으로 "약탈과 보전, 그리고 독점과 전파라는 이율배반적 성격"(61쪽)을 지니고 있는 재단은, 팍스 아메리카나에 대한 소설 속의 여러 통찰력 있는 언급에서 명시되는 바, 미국에 대한 희극적 미니어처다. 글로벌 세계 작동 원리로서의 음모론은 "톡 쏘는 스파이스" 곧 "주식으로는 가당치 않지만 어떤 요리에 섞어도 멋진 맛을" 내는(62쪽) 세계 지배의 "무해한"(33쪽) 전략인 것이다.

보통 음모론이나 음모 서사로 세계를 이해하는 방식은 가짜 뉴스를 믿는 일만큼이나 어리석은 것으로 보인다. 응당 생각 있는 지식인이라면 산모기처럼 피해야 할 터, 음모론이든 묵시록이든 다들 세계를 제대로 이해하고 파악할 능력을 감당할 수 없게 된 약한 자들의 무기력한 상상에 진배없다. 그러나 지구인에게는 없는 클라투행성의 지혜를 소유한 조현은 때론 가장 쓸모없다 여겨지는 것이 우리를 구할 수 있다는 카프카의 전언에 충실한 소설가다. 적어도 또 다른 음모, 음모에 맞서는 음모를 세공하려는 상상이 이 소설에는 있으며, 이것이 『나, 이페머러의 수호자』에서 빛나는 부분이다.

생각해보면 도대체 미국 CIA와 같은 거드름 피우는 정보기관에 초청장을 보내어 어쩔 수 없이 그들을 움직이게 하는 또 다른 음모의 산물인 마이스터 X는 누구인가. 기축통화인 미국 달러를 거부하고 물물교환을 원칙 삼아, 인큐내뷸러를 이페머러와 바꾸는 이 신비한 억만장자의 정체는 누구인가. 얼마 전에 음모론에 대한 좌파적 버전을 읽은 적이 있다. 미국의 마르크스주의 비평가 프레드릭 제임슨은 월마트, 이 다국적기업의 첨병인 대형 슈퍼마켓 체인이야말로 시장을 통해 시장을 파괴하려는 자본주의의 순수한 변증법적 표현이라고 불렀다. 아이러니하게도 많은 시장근본주의자들이 가난한 노동자들이 가장 저렴한 가격으로 물건을 구입할 수 있는 월마트의 비약적 성장과 혁신적 운영을 비난한 부분에 주목한 언급이다. 제임슨에 따르면 월마트의 배후에 경영자 X가 있으며, 이 경영자 X는 첨단 자본주의 미국의 배후에 어른거리는 사회주의의 유령이다. 자본주의의 트로이목마, 월마트!

물론 우리의 마이스터 X, 제정 러시아 말기의 요승妖僧 라스푸틴처럼 생긴 수수께끼의 인물에 각별한 의미를 부여하려는 것은 아니다. 그런데 마이스터 X가 각국 경매자들에게 경매를 위해 준비하도록 한 각종 묵시의 이페머러는 버림받은 자들의 고통을 왜곡한 표현이자, 현실의 아픔을 측정하고 헤아리는 도구가 된다. 그러니까 이페머러는 소설에서 주인공 '나'의 스펙을 위한 도구가 아니라 자신에게 닥친 시련을 극복해낼 도구로 적극 재활용되면서 새로운 의미를 띠게 된다. 이 정도면 최소한 마이스터 X는 시련의 연금술적인 과정을 통해 '나'를 거듭나게 만드는 역할을 하는 존재다.

4. 독사, 에피스테메, 이데아

그런데 하루살이로서의 이페머러에 주목하게 되면 『나, 이페머러의 수호자』는 앞서와는 조금 다른 소설로 읽힌다. 그렇다고 이 소설을 "1920년대 장편서사시를 세기말의 신비주의와 애매하게 엮은 논문을 쓴" "한 청년이 국경 없이 펼쳐지는 취업의 전쟁터에서 악전고투 끝에 한 명의 샐러리맨으로 기성사회에 진입하는 휴먼 스토리"(22쪽)로 환원할 수는 없겠다. 물론 소설은 하루살이 처지로 언제 실직할지 알 수 없고, 내일 없는 비정규직인 '나'와 같은 처지의 여자친구를 포함한 우리 시대 젊은이들의 이야기다. 그런데 거기에는 입사와 성공을 위한 스펙 쌓기의 과정에서도 결코 외면하기 어려웠던 세상의 고통, 그

로부터 비롯된 묵시에 대한 응시와 성찰, 생령生靈
에 대한 애도가 담겨 있다.

『나, 이페머러의 수호자』에서 '나'는 "많은 지원
서와 응답 없는 전화와 그리고 가끔 얻어걸리는
면접"(21쪽)의 고통스런 입사 과정을 반복하는 여
느 대한민국 취준생처럼, 취준생에서 인턴, 인턴
에서 비정규직, 비정규직에서 정규직으로 오르는,
게임 속어로 말하면 쪼렙에서 만렙에 이르는 고된
여정을 걷는다. "경제적인 문제로 이별을 의논하
는 것만큼 청춘들에게 비참한 것은 없다"(18쪽)는
소설의 진술에서 암시되듯이, '나'는 자신의 든든
한 지원군이었던 여자친구와도 썩 위태로운 관계
다. 그렇기 때문에 '나'는 한마디로 자력으로 획득
한 몇몇 아이템으로 전력을 다해 통과제의의 시
련을 하나씩 극복해 나갈 수밖에 없다. 그리고 독
자는 어느새 알게 된다. '나'가 비정규직에서 정
규직으로 오르는 시련의 여정이 유럽의 고성에서
마이스터 X가 제시하고 '나'가 통과해야 할 시련
의 단계에 해당한다는 것을. 소설도 이렇게 비유
하고 있지 않은가. "난 자의 반 타의 반으로 최종

임원 면접장에 들어서는 취준생처럼 습관적으로 슈트를 가다듬으며 무대에 올랐다"고(147쪽).

그러면 마이스터 X가 제시하는 시련의 단계는 무엇인가. "독사doxa, 너의 미궁을 시험하라! 에피스테메episteme, 너의 시대를 시험하라! 이데아 idea, 너의 우주를 시험하라!"(151쪽) '나'가 그토록 힘들고 어려운 과정을 거쳐 준비해 급기야 마이스터 X의 언어인 라틴어로 번역한 〈피의 어린 양 권지영의 순교 환상록〉은 만렙에 이르기 위해 내밀어야 할 아이템이다. 그런데 시련의 첫 단계에서 『나, 이페머러의 수호자』를 유지해온 소설적 어조는 지금까지의 희극적인 톤에서 확연히 달라지기 시작한다. 그것은 아무래도 '나'가 경매의 주최 측에서 나눠준 환각의 약물 아야와스카 즙을 마시는 시련의 1단계인 '독사'를 겪는 과정 때문이겠다. '나'는 약물이 주는 어지러운 고통과 과거의 아픈 기억이 뱀처럼 몸을 뒤트는 환각 속에서 인생의 큰 고비들과 관련된 여러 기억들이 성의 벽면에 미디어파사드로 하나둘씩 재현되는 것을 보게 된다.

두 번째 시련인 '에피스테메'는 마지막 남은 세 명의 경매자에게 마이스터 X가 묻는 질문으로, 각각이 준비한 종말론 이페머러가 의미하는 바에 대한 물음이다. 최후로 남은 '나'는 마이스터 X의 경매에 필요한 이페머러를 준비했을 뿐인데, 준비의 모든 과정이 미디어파사드에 재현된다. 그리고 와중에 아마도 이 소설에서 가장 가슴 아플 이야기가 언급된다. '나'의 방언과 환각 속에서 전개되는 그 이야기는 1992년 10월 28일의 종말론 소동 전후로 자신의 순교에 대한 환각을 공책에 남기고 사라진 권지영의 말, 공책을 건네받고 다시 '나'에게 넘겨준 목사의 질문 속에 있는 것이다. 한마디로 모든 시대의 묵시는 광기이지만, 그 광기는 현실의 고통에서 비롯된 것이다. 누군가 종교의 피안은 이승의 눈물의 골짜기라고 했다. '나'는 깨닫게 된다. 자신은 그저 그 광기의 묵시록을 성공과 안착을 위한 자기계발서로 이용했음을. 그리고 미디어파사드에 떠오르는 논문. 그것은 '나'가 오래전 광화문의 대형 서점에 들렀다가 생활고로 동반 자살한 세 모녀를 추모하는 행사에서 그녀들의 마지막 가계부를 보고, 또 그들 중의 한 명이 자신과 동갑내기의 작가라는 사실에 충격을 받고 슬픔을 느껴, 소설에서 인용되는, 식민지 시기에 생령과 송장 취급받던 조선의 청춘들에 대한 만가인 김동환의 장시 『승천하는 청춘』에 대해 쓴, 지금은 잡동사니처럼 방 한구석에 쌓여 있는 논문이다. 이쯤에서 잠시 질문. 도대체 '나'의 먼지 가득 덮인 잡동사니 이페머러인 석사 논문을 경매 주최 측에서는 어떻게 알고 있는가. 이 모든 시련의 단계는 도대체 경매를 위한 것인가, '나'를 위한 것인가.

우리는 소설의 거의 마지막 장에 이르렀고, 이 모든 시련의 단계가 결국에는 '나'를 위해 마련된 것임을 알게 된다. 시련의 세 번째 단계는 이것이다. "다른 차원에서 들고 온 신들의 유품을 선택할지" "그대 여자에게로…… 발걸음을 되돌릴 것인지."(183쪽) '나'는 미디어파사드에 상영되는 여자친구의 절박한 음성과 배 속의 아이가 세상을 나와 쑥쑥 자라는 것을 예지몽처럼 환각한다. 여자친구 배 속의 우주를 지우고 앞으로 나아

216

가 레어 아이템을 획득할 것인지, 뒤로 돌아 여자친구와 우주를 구할 것인지. '나'의 선택은 무엇일까. 어떤 선택을 함으로써 '나'의 우주는 또 어떻게 전개될까.

5. 1+1 : 우리, 이페머러의 수호자들

조현의 『나, 이페머러의 수호자』는 행복한 결말로 끝난다. 나는 여자친구와 배 속의 아이를 선택함으로써 포기해야 했던 것마저 획득할 수 있게 된다. 게다가 일련의 임무를 잘 수행한 대가로 소원하던 정규직 직원이 된다. 조현 소설의 제목을 다시 빌리면 '새드엔딩에 안녕을'이다. 그렇지만 우리는 이제 알게 된다. 이 소설은 어쩌면 빙의 들린 언어, 언령의 생생한 체험담이자 문학에 대한 믿음을 다시금 확인하는 이야기라는 것을. 황당해 보이는 소녀의 묵시적 환상이 실린 공책과 식민지 젊은이들의 죽음과 부활을 기록한 애가, 그리고 광화문의 세 모녀의 가계부가 만나 빙의하는 순간에 대한 증언이라는 것을. "내가 언어로 읽어낸 무수한 존재들이, 차원을 이격하여, 빙의하여, 한 몸으로 겹쳐"(180쪽)지는 언어의 고통스러운 황홀에 대한 신뢰라는 것을.

나는 슬랩스틱 음모 서사, 성장소설, 방언의 묵시apocalypse의 결합이라고 불러도 좋을 이 소설의 해설을 마무리하면서 조현 작가에게 오래전 빚을 졌음을 고백해야겠다. 소설에서 '나'가 쓴 논문에 도움을 줬다는 스웨덴 출신의 신비주의 저자에 대한 언급이 있다. "자애의 신이, 죽은 이를 모두 일으켜, 눈물을 닦아준다고 증언"(179쪽)한 에마누엘 스베덴보리(1688-1772). 환각과 예지몽으로 천국과 지옥, 태양계를 오가면서 천사와 악마, 외계 존재를 만난 이야기를 증언한 환상문학의 대가. 동시대 철학자인 칸트가 미쳤다고 하면서도 예언 능력만큼은 끝내 인정할 수밖에 없었던 인물.

나는 10년 전인가, 조현 작가에게 지금 내 곁에 있는 스베덴보리의 책 『우주 안의 지구들』(원제 : 행성들로 일컬어지는 우리 태양계에 있는 지구들에 관하여, 그리고 별무리 하늘에 있는 지구들에 관하여, 그곳의 주민들에 관하여, 그래서 거기 있는 영들과 천하들에 관하여, 듣고 본 대로)을 빌려주기로 약속했으나, 좀처럼 만날 일이라곤 없어, 그러지 못했다. 사실 이 책은 내가 읽기엔 조현의 고향인 클라투행성의 큰 비밀을 담고 있는 매우 놀라운 책인데, 아쉽게도 절판되었으며, 중고책으로도 구하기 어렵다. 이제 클라투행성뿐만 아니라 지구도 떠들썩하게 만들 『나, 이페머러의 수호자』가 출간되니, 덤으로 작가에게 고향의 비밀이 담긴 이 책을 건넬 때가 온 것 같다. 그리고 『나, 이페머러의 수호자』를 읽은 누구나 소설의 마지막 구절을 빌려 클라투행성의 작가와 함께 이렇게 말했으면 좋겠다. '우리, 이페머러의 수호자들.'

작가의 말

고독한 우주에서 시가 주는 경이로움을 알고
있기에 이 작품에서도 여러 편의 시를 인용했다.
그러므로 영화계의 용어를 빌리자면, 이 소설의
로그라인은 파울 첼란의 시 「강에서」와 김동환의
장편시 『승천하는 청춘』에 대한 주관적인 각주라
고 할 수 있다.

홀로코스트에서 살아남은 첼란, 그리고 관동대
지진 당시 학살된 조선인 시체 더미 속에서 사흘
간 실신하였다가 회생한 파인巴人은 참담한 죽음
체험이라는 공통점을 갖고 있다. 이의 연장선상

에서 이 소설의 로그라인은 우리 시대의 연옥을 살아간 어떤 모녀의 가계부에 대한 기억술이라고도 할 수 있다.

이 작품에 등장하는 이페머러라는 개념은, 등단 무렵 읽은 N. A. 바스베인스의 『젠틀 매드니스』를 통해 터득했다. 책 수집광들의 흥미진진한 세계를 우리말로 옮겨주신 표정훈, 박중서, 그리고 김연수 작가님께 감사를 드린다. 그리고 늦장을 부린 원고를 맡아 해설을 해주신 복도훈 교수님, 그리고 근사하게 책으로 다듬어주신 현대문학의 윤희영 팀장님께도 인사를 드린다.

누구나 저마다의 묵시록을 품고 인생을 살아간다고 생각하는 편이다. 자주 연옥이 살갗을 스치는 일상 속에서 우리 모두 가끔은 기이한 기적을 체험하며 살아갔으면. 그리고 이 책을 선택해주신 독자님과 앞으로도 좋은 인연으로 뵈었으면. 독자님이야 말로 진정한 이페머러의 수호자이니까요.

나, 이페머러의 수호자

지은이 조 현
펴낸이 김영정

초판 1쇄 펴낸날 2020년 6월 25일
초판 2쇄 펴낸날 2020년 10월 15일

펴낸곳 (주) **현대문학**
등록번호 제1-452호
주소 06532 서울시 서초구 신반포로 321(잠원동, 미래엔)
전화 02-2017-0280
팩스 02-516-5433
홈페이지 www.hdmh.co.kr

© 2020, 조 현

ISBN 979-11-90885-17-1 04810
       978-89-7275-889-1 (세트)

• 책값은 뒤표지에 있습니다.
• 이 도서의 국립중앙도서관 출판예정도서목록(CIP)은 서지정보유통지
  원시스템 홈페이지(http://seoji.nl.go.kr)와 국가자료공동목록시스템
  (http://kolis-net.nl.go.kr에서 이용하실 수 있습니다.
  (CIP제어번호: CIP2020024295)

〈현대문학 핀 시리즈〉는 당대 한국 문학의 가장 현대적이면서도 첨예한 작가들을 선정, 월간 『현대문학』 지면에 선보이고 이것을 다시 단행본 발간으로 이어가는 프로젝트이다. 여기에 선보이는 단행본들은 개별 작품임과 동시에 여섯 명이 '한 시리즈'로 큐레이션된 것이다. 현대문학은 이 시리즈의 진지함이 '핀'이라는 단어의 섬세한 경쾌함과 아이러니하게 결합되기를 바란다.